西北故人

熊孝康 —— 著

北方联合出版传媒(集团)股份有限公司
春风文艺出版社
·沈阳·

图书在版编目（CIP）数据

西北故人 / 熊孝康著. — 沈阳：春风文艺出版社，2023.7
ISBN 978-7-5313-6425-2

Ⅰ.①西… Ⅱ.①熊… Ⅲ.①长篇小说—中国—当代 Ⅳ.①I247.5

中国国家版本馆 CIP 数据核字（2023）第 079670 号

北方联合出版传媒（集团）股份有限公司
春风文艺出版社出版发行
沈阳市和平区十一纬路 25 号　　邮编：110003
四川科德彩色数码科技有限公司

责任编辑：韩　喆　平青立	责任校对：陈　杰
字　　数：104 千字	幅面尺寸：145mm×210mm
	印　　张：4.25
版　　次：2023 年 7 月第 1 版	印　　次：2023 年 7 月第 1 次
书　　号：ISBN 978-7-5313-6425-2	定　　价：48.00 元

版权专有　侵权必究　举报电话：024-23284391
如有质量问题，请拨打电话：024-23284384

作品简介

  小说《西北故人》以细腻的笔触、丰富的细节描写了都市女总裁吴时雨在母亲意外去世后追寻身世之谜的故事。循着母亲留下的线索，吴时雨从繁华的南方都市回到了衰落的西北故乡。从父辈支援西北建设的往事中，她理解了理想与爱的不同表达，也逐渐向世界敞开了心扉。

CONTENTS

目 录

第一章	分别	001
第二章	梧桐路	009
第三章	不速之客	016
第四章	身世之谜	024
第五章	合作伙伴	032
第六章	江心岛	040
第七章	错位理想	048
第八章	远房亲戚	056
第九章	童年故乡	063
第十章	故人往事	071
第十一章	307号	079
第十二章	档案馆	087
第十三章	日记寻踪	096
第十四章	凤凰山	105
第十五章	落叶归根	113
第十六章	新生	121

第一章　分别

周一，持续了半个月的梅雨仍没有停歇的意思。繁华市区的写字楼里，一场关键的会议从早上持续到了下午。

当吴时雨正和团队激烈地讨论最终方案时，熟悉的手机铃声中断了紧张的气氛。按照她的个性，她是断然不会在全情投入工作时去接电话的。但就在铃声响起的刹那，内心的不安让她反常地拿起了手机。

来电显示是周淑芬，母亲的朋友，一个让吴时雨颇有亲切感的阿姨。她向团队比了个手势，便匆匆走出了会议室。

手指滑向了接听键。还没来得及应声，电话那头已经抢先说道："小雨，快来你家附近的人民医院一趟，有急事。"

"阿姨，出什么事了？"吴时雨尽量保持语气的平静。

"你妈妈刚才出了车祸，现在在手术室里。"

吴时雨的心跳漏了一拍。在职场上镇静自若、叱咤风云的她开始有些不安和害怕，但理智很快将她从消极的情绪中抽离。她知道，一定要冷静，因为电话那头的芬姨已经慌神了。

"好的阿姨，我马上就来。"吴时雨说罢便挂掉电话。

她迅速回到会议室，和秘书交代了几句，然后拿起手袋奔向了地库。她的车在暮色的车流中缓缓移动,即便她想要快些、再快一些,但都市的生活就是如此。哪怕她的车技再好,也必须向城市的节奏妥协。

到达医院时,距离周淑芬那通电话已过去了半个多小时。手术仍在进行,周淑芬正在走廊上焦灼地走来走去,额上布满了密密麻麻的汗珠。吴时雨从没见过如此慌乱的周淑芬,在她的印象中,芬姨似乎永远是个温暖睿智、值得信赖的长辈。

看到匆匆赶来的吴时雨,周淑芬赶忙迎了上去。

"时雨,你终于来了。"

"芬姨,先别着急,情况怎么样?"吴时雨率先开口。

"我也不知道……你母亲打电话给我的时候已经出事了,她的声音很微弱,而且断断续续的。"

"我相信她,也相信医生。"吴时雨安慰道。

吴时雨递给周淑芬一张纸,让她擦擦额头的汗,又拉着她在走廊的椅子上坐下。她的脑海一片空白,既没有想法,也没有情绪,她只是呆呆地盯着手术室的门,任凭时间一分一秒流逝。

漫长的等待后,医生从手术室出来,神情凝重。谙熟各色人物微表情的吴时雨几乎已经知道自己接下来要处理的事情了。

只是,一切发生得太突然了。她从没预想过母亲会以这样的方式在自己的世界里突然消失,尽管她与母亲一向疏离。

吴时雨看着医生的嘴一张一合,耳朵却根本听不见对方的话。她的思绪飞得很远很远,飞离了南方阴雨绵绵的雨季,飞向了她童年记忆中那片野性的、苍凉的故乡。直到听见周淑芬抽泣的声音,瞥见她失了血色的脸,她才回过神来,慢慢接受了眼前的事实。她陌生而熟悉的母亲,永远离开她了。

第一章　分别

她极力希望自己像往日一样平静而勇敢，然后妥帖完满地做完她分内的事情，但她的身体却不受思想的控制。她浑身冰冷，手心和脚心都冒出了汗，身体也在微微发抖。她希望张口说点什么，可脑海里都是断断续续的词语。她以为自己会流泪，而事实上，她的眼却干得发涩。

周淑芬发现了吴时雨的失态。她顾不上自己的悲伤，而是扶着失魂落魄的吴时雨坐了下来。她伸出一只手臂将这个瘦弱的女子揽入了自己的怀中，另一只手轻轻握住了她那几乎失去知觉的手。

周淑芬轻声说道："小雨，别怕，你还有我呢。"

偌大的城市里，她没有朋友，没有爱人，也没有亲人，她很久不知情感为何物。

吴时雨很久没有与人这般亲昵。芬姨身上的味道和童年记忆中的母亲有些像，棉麻质地的衣服上是干干净净的皂香，加上芬姨暖暖的体香，闻起来只觉得安心踏实。

不知道过去了多久，吴时雨终于能感受到一点点温度了。身体的回暖也唤回了她往日的理智。她将手从周淑芬手中抽出，又端端地坐了起来，然后对她说："芬姨，你辛苦了。回去休息吧，剩下的事情交给我了。"

周淑芬知道一贯要强的吴时雨今天有些反常，她并不放心吴时雨一人，于是说道："我和你一起。"

吴时雨目光坚定，语气却格外温柔："相信我。后面还有很多事情需要你帮忙呢，你不能先累倒了。"

周淑芬思索片刻，答应吴时雨先回去，第二天一早再来医院与她会合。

吴时雨机械地完成了接下来的手续，但拒绝了再看母亲一眼的提议。她坐在医院冰冷的座椅上，空气里满是刺鼻的消毒水味道。她翻看着手机里的通信录，想给父亲去个电话，但觉得有些不妥。在这个生活了二十多年的城市里，还有谁是她的亲人？她想不出答案。

医院冰冷而刺鼻的空气让她觉得无比压抑，她只想赶快飞回家，逃离这个混乱不堪的事故现场。此刻吴时雨觉得，医院里一切都有例可循的事情比自己公司的事务还要难。现在自己只能被动地接受安排，并且最好不掺杂任何私人感情，否则每一个看似不起眼的点都会让人崩溃失控。

回到家中时已经是凌晨三点。连日来的加班熬夜并没让她感到疲倦，而今天这场未曾预料的分别却让她精疲力竭。她打开了玄关的灯，然后开始端详镜子里的自己。早晨精致的妆容没有了，额前的几缕头发有些凌乱，她眼窝凹陷，眼睛布满红血丝，肤色暗黄，本就瘦削的身材比一个月前又清减了些。她脱去外套，拆掉盘起的头发，让过肩的长发随意垂下，又慢慢摘下项链、耳环等配饰。当精心打造的干练形象退去，镜中的女子越发显得憔悴。

空气中飘荡着若有若无的玫瑰香气，房间里静得只能听见冰箱运转的声音。她拖着沉沉的步子走向客厅，上周五花店照例送来的玫瑰花忘了添水，花瓣已经落了好几片。她舔了舔发干的嘴唇，会议中断后她滴水未进，她随手拿起桌上的杯子想找些水喝，却发现家里的饮用水已经一滴不剩。她索性拉开冰箱门，找出平日里小酌助眠的酒开始痛饮。窗外天色已有些发白。她坐在客厅的地毯上，背靠着柔软的布艺沙发，往玻璃杯里倒下一杯又一杯烈酒。一瓶酒空掉后，困意、疲惫以及酒醉的反应让她窝在沙发

第一章 分别

的角落里睡去。

这一觉睡得并不安稳。半梦半醒中,她看见母亲年轻的脸洋溢着幸福的笑容,看见童年时一家三口在公园划船,看见父亲拿着相机给自己拍照。可一开始还是透明湛蓝的天空突然飘来了几朵乌云,彩色的画面倏忽间变成了黑白。她听见了母亲痛苦的呻吟,听见了自己对爸爸苦苦的哀求,听见了丈夫对自己的嘲弄。

她挣扎着醒过来,心跳得比平时快很多,眼角的一滴热泪还没干。她感觉自己在梦里经历了太多,但此时才七点多而已。酒意和睡意还没完全散去,天已经大亮,几缕阳光透过纯白的落地纱帘洒向客厅的地板。

她走进浴室,想彻彻底底洗掉所有的疲倦,然后像往日一样从容不迫地应对接下来的挑战。整个房子只有浴室完全由她亲自设计布置。大到瓷砖台盆,小到香氛摆件,每一件物品都有她的巧思和情感。她觉得只有浴室是最让她放松的地方,因为每次热水哗哗放出来的时候,外面的世界就被隐去了。在这一方小小的空间里,她不必刻意伪装,也不用精心修饰,一切都是最原本和真实的面目。有时候她难以入睡,就直接窝在浴缸里休息。

她开始往浴缸里放热水,然后仔细卸妆、洗漱。水的温度要比平时高一些,因为她睡着的时候什么也没盖,此刻身上有些发冷。她闭上眼睛,让水的热量驱走身上的寒意。然后她开始没来由地流泪,开始只有一两滴,接着是一串串,最后变成放声痛哭。

她不知道自己哭的是什么。是丧母之痛?是工作的压力?还是梦境中的过往?她只知道自己很久不这样哭了。自从一个人搬进这间大房子后,她就和眼泪绝缘了。她的生活紧张而单调,眼睛睁开便是工作,甚至偶尔还会梦到工作。虽然和父母同住一个城市，但往来并不密切。她与母亲向来疏离，除了定时给母亲转一些钱，过节托芬姨或是助理送上些礼物，她总是尽量避免与母亲见面。母亲知道女儿的冷淡，也很自觉地避开见面，但母亲李守芳一直想修补母女之间的裂痕，于是托周淑芬要了这间大房子的钥匙，每逢周一和周四会趁女儿不在家的时候过来收拾打扫，顺带在时雨下班前做些她爱吃的菜。吴时雨平时忙于工作，既无心也无力打扫房间，加上又不忍心驳斥了母亲的好意，于是便默许了这种做法。

母亲发生车祸的地点离自己家并不远。想来母亲是在来自己家中的路上出的事情，考虑到这一点，她的负疚感又增加了几分。她总以为自己对母亲既无恨也无爱，但短短几个小时内发生的变故让她开始重新审视自己的情感。是的，她爱母亲，这种爱是天然的、自发的，尽管她有意掩盖，但它始终存在。同时，她也恨母亲，自己成长过程中的伤痕与母亲的荒唐行径分不开。假若母亲不做那么愚蠢的选择，她的梦境里应该只有三张幸福满溢的脸。

水温缓缓下降，吴时雨的眼泪也慢慢止住，她擦了擦脸上未干的泪痕，穿好衣服走出了浴室。

犹豫再三，她还是给父亲打去了电话，电话那端是一个清脆的女声："时雨？这么早打电话。"

"许阿姨，爸爸在吗？"

"他最近身体不好，现在还在休息，有什么事吗？"

"你可以把电话给爸爸吗？我有重要的事情。"

电话那头的女子沉默了几秒，然后说道："好吧。"

第一章　分别

片刻后，电话传来一个低沉的男声："时雨，怎么了？"

"爸，妈妈走了。"吴时雨说道。

电话那头停顿了几秒，难以置信地说道："什么时候？"

"昨晚，因为车祸。"

"你在哪儿？我马上过来。"

"我在家。"

半小时后，一位身材颀长、身着黑色外套的男子敲开了吴时雨家的门。

几个月不见父亲，他似乎比以前更瘦了些，原本乌黑的头发夹杂了几缕银丝，眼角的皱纹也深深陷了进去。

"爸爸。"吴时雨因为刚哭过，声音有些嘶哑。

"时雨，你怎么瘦得只剩一把骨头了。"吴成刚对眼前这个面容憔悴、形容消瘦的女儿感到很心疼。

"爸，我本不该找你的。但我不知道该跟谁商量。"吴时雨说道。

"傻孩子，你无论如何都是我的女儿。"

父女俩短暂停留后，便一起去了医院。周淑芬早已等在了那里，她并没想到吴成刚会出现。

吴时雨刚想介绍周淑芬，周淑芬已经抢先说道："你也来了。"

"时雨早上给我打电话，我应该陪着她的。"吴成刚说。

吴时雨并不知道周淑芬和自己的父亲认识，便有些诧异地问道："芬姨，你认识爸爸？"

"嗯，我们认识。"周淑芬轻描淡写地答道。

吴时雨感到有些困惑和意外，但没有继续追问下去，眼前最重要的是母亲的身后事。三人合作，很快便将医院的手续全部完成，又拟定了安葬母亲李守芳的计划。从父亲和周淑芬的配合及对话中，吴时雨隐约感觉到两人像是熟识多年的伙伴，但又刻意保持着某种疏离和冷淡。

第二章　梧桐路

梧桐路是一条老街。

不同于吴时雨所在区域的高楼林立、道路宽阔，梧桐路充满了烟火气，每天都可见推车叫卖的小商贩和讨价还价的居民。李守芳生前就住在梧桐路的一栋楼房里。吴时雨曾劝她搬离这里，住到环境更好的地方，可李守芳总说这里才有几分老家的样子。

吴时雨和周淑芬来到了母亲的家，她们要整理母亲的物品。吴时雨由二环高架从南向北兜了半圈，又沿着只有双车道的小路走了好半天才到达梧桐路。她从未想象过母亲是如何提着重重的保温桶，每周两次，转三趟地铁，只为给自己送一口热汤的。

狭窄拥挤的街道停车困难，吴时雨把车停在了梧桐路附近的一个小商场楼下，步行前往母亲的住处。道如其名，梧桐路两侧种有法国梧桐。正值春夏之交，果实裂开的毛絮迎风飞舞，连道路上都像盖上了一层薄薄的棉被。吴时雨不自觉地捂上了口鼻，因为以前和母亲住在这里时，她总是因漫天的飞絮而咳嗽脸红，哪怕现在的她已经很少过敏。

这是一条母亲不愿离开的街，也是吴时雨拼命想逃离的街。她记得自己上学放学时总是低着头小跑前进，生怕邻居多看她一眼,或是多说一句话。那时的她觉得周围人的眼光就像一把把利剑,只轻轻出鞘,就会在她的身上划上几刀。尽管她现在事业有成,原来的邻居和熟人大多都搬走了,但吴时雨仍然感到不自在,步伐也不自觉地越来越快。

周淑芬觉察到了吴时雨的异样,却没有多说什么,只是默默加快脚步跟在了她的身后。

临近母亲的住处,吴时雨却因为长久不来,已记不起母亲住在哪一栋了。她转头看向了周淑芬,有些尴尬地说道:"芬姨,我走得太快了,还是你走前面吧。"

周淑芬点了点头,随即走在了前面。跟在周淑芬身后的吴时雨似乎消除了几分紧张感,她放慢了脚步,开始打量起周围的环境。

穿过楼前热闹的商铺,再走进一道铁门,便来到了一个围起来的小院子。吴时雨走进小院时,门卫正在值班室里喝茶听曲,完全不似她小区保安那般严肃认真。院子里种了两棵榕树,看上去已经有些年头,但不知是否因为疏于管理,恣意生长的枝叶总给人一种凌乱的感觉。

母亲的住处是后期建起来的。一开始,她们母女俩住在对面的筒子楼里。后来老城改造,筒子楼拆迁,母亲手里刚好攒下了一些钱,于是便以拆迁价买下了一套道路另一侧新建的楼房。吴时雨在酷热难耐的筒子楼里度过了小学和初中,高中后在她的坚持下住进了学校。对于母亲住的这栋居民楼,吴时雨是陌生的,她的成长与这间房子并无关联。

由狭窄的步梯上楼,走到三层,一道深蓝色的门后便是李守芳的家。二人四目相对,吴时雨这才想起自己并没有母亲家的钥

第二章 梧桐路

匙，便只好对周淑芬说："我忘了带钥匙。"

周淑芬说："没关系，我这里有备用的。"

周淑芬打开随身携带的挎包，从内层找出了一把铜色的钥匙。门打开后，吴时雨最先感受到的是沁人的茉莉花香。母亲种了许多花草，每一株都被精心修剪和培育。两居室的屋子并不大，但被整理得井然有序且干净整洁。客厅里的陈设很简单，只有一套木质的沙发茶几和电视柜，沙发旁的木雕却格外引人注目。那是用一块老料雕成的凤凰，每一个细节都被精心打磨过。

吴时雨指了指木雕，然后问道："芬姨，那件木雕好精细。"

"是，这是你母亲托老家人找来的胡杨木。"

"没想到妈妈的家是这样的。"吴时雨有些惊讶地说道。

"那么，你觉得会是怎样的呢？"周淑芬问道。

"我也不知道。上次来这里的记忆已经很模糊了，我只记得小时候和妈妈住的筒子楼。"吴时雨说道。

周淑芬叹了口气，"也许你并不太了解你的母亲。"

吴时雨没有说话，她看了看阳台上怒放的茉莉花，每一朵都是那样有生命力，似乎要拼尽全力将最美好的香气留在这个世界。

周淑芬因为是这里的常客，轻车熟路地整理起房间。吴时雨看着那些她并不熟悉的物件和用品，仿佛参观一个陌生人的家，直到她看见了母亲床头的一张照片。

吴时雨一眼就认出了照片里的背景，那是她童年最爱去的湖心公园。照片里的母亲还很年轻，她身着一条碎花连衣裙，头发微卷，怀里抱着刚出生不久的孩子。虽然她的嘴角微扬，但眼神里却流露一种坚毅和忧伤。

"我从来没见过这张照片。"吴时雨说。

"这张照片拍摄的时候你刚满三个月。"周淑芬说,"那时候的你多可爱啊。"

"没想到妈妈床头一直摆着我和她的照片。只是我觉得照片里,妈妈似乎有些伤感。"

"生你的时候,你母亲难产。当时的医疗条件很差,你们俩都在鬼门关走了一遭。对于你母亲来说,你就是她生命的意义和全部。"周淑芬有些伤感地说道。

"我不懂,既然她爱我,为什么要让我经历这么多痛苦?"吴时雨说。

"她尽力了,但有时候造化弄人。"周淑芬答道。

吴时雨有些委屈地说道:"芬姨,你知道吗,有时候我做梦都会梦见那栋筒子楼。我不敢来梧桐路,因为我害怕,怕所有人的眼光和言语。我觉得他们会说我是个没人要的东西。"

说到最后一句,吴时雨的眼眶已经红了,声音也卡在了喉咙里。

"我懂你的苦,流言有时可以杀人。这些委屈本不该你受,你母亲……她承受的比你更多。"周淑芬说道。

"每次放暑假母亲出去工作,她就会把我一个人锁在家里。那时总会有一些莫名其妙的人来敲门,嘴里还说着一些我听不懂的话。我总是牢牢记着妈妈的话,任何人都不理,绝对不开门。可是随着年龄的增长,我懂了他们在说些什么,也了解他们想干什么。我恨不得把他们的嘴都撕碎,然后狠狠地骂他们一顿。可是到头来,我发现自己什么也说不出口,甚至连看一眼门外的勇气都没有。"吴时雨一边说着,脸上一边滑下了几滴眼泪。

周淑芬拍了拍吴时雨的背,轻声安慰道:"好孩子,那些都过

第二章 梧桐路

去了。我知道这些创伤已经造成,或许永远也无法修复了。但是相信我,你的母亲已经尽全力在保护你了。她真的很爱你,只是她能力有限。"

"我怎么会不知道呢?我小时候最喜欢她软绵绵的手,可是到后来,她手上全是茧子和创口,简直不能看了。但是,芬姨,我没法原谅和释怀。我不知道该不该把错误归咎到母亲身上,我只能逃开。也许我错了,我不应该一直远离她,而是应该好好和她谈一谈,但我没想过会发生这该死的车祸,她还很年轻,还没到六十岁啊。"吴时雨懊恼地说道。

"时雨,这都是命,你不要自责。你母亲离开了,也未尝不是一种解脱。她这一生,总归是苦兮兮的,债还完了,痛苦也就没了。"周淑芬说道。

"可是我还有很多话没来得及和母亲说,也没来得及问她。"吴时雨一边擦去眼角的泪,一边说道。

周淑芬递过一张纸巾,然后说道:"你想说的,你母亲都明白。你想问的,你也会慢慢知道答案。"

周淑芬给吴时雨倒了一杯水,又耐心安慰了一番,二人才继续整理房间。

李守芳的东西并不杂乱,不出一下午,二人便将物品整理完毕。吴时雨提出和周淑芬下楼去吃些东西再回家,周淑芬同意了吴时雨的提议。

二人并排走在梧桐路上,吴时雨主动挽着周淑芬的胳膊,远远望去就像一对散步的母女。

"芬姨,其实第一次见到你,我就觉得特别亲切。今天下午,我也不知道为什么会和你说这么多,但我感觉你会懂我。"吴时雨说道。

"孩子,我和你母亲是很多年的朋友了。也许你近几年才认识我,可我几乎是看着你长大的。甚至,你母亲床头那张照片都是我拍的。"周淑芬缓缓说道。

吴时雨有些错愕,她努力搜寻记忆中的周淑芬,可的的确确想不起自己小时候见过她,于是问道:"难道你也是去西北援建的吗?"

"是。只是后来我离开了矿区,南下做生意了。"周淑芬答道。

"那么,你和母亲是后来才重逢的吗?"吴时雨继续追问道。

"不算是,我和你母亲一直有书信往来。你们一家搬来这座城市的时候,我已经在这儿一年了,也会偶尔去看看她,只是你不知道而已。"周淑芬说。

二人边说边走进了一家云吞店。落座后,吴时雨想起了昨天在医院的场景,又开口问道:"你和我爸爸也是在西北的时候认识的吗?"

周淑芬回答道:"是,准确地说,我和他是同事。"

"怪不得你们一起做事的时候那样有默契。"吴时雨感叹道。

周淑芬并没有急于接话,而是倒了一杯水给吴时雨,然后才淡淡说道:"是啊,在那么艰苦的环境下,又是一起去援建的,彼此间的情谊总归还是在的。"

吴时雨两天没有好好吃过东西,她顾不得刚端上桌的云吞还有些烫嘴,不出三分钟就已将碗中的云吞清空了。

看着狼吞虎咽的吴时雨,周淑芬没忍住笑。这些年,吴时雨总是冷冷的,谁也没见过她如此率真的一面。但是周淑芬知道,童年的她就是这样无拘无束,莽撞可爱,一副天不怕地不怕的

第二章　梧桐路

样子。

"时雨，刚才你吃饭的样子让我想起了你小时候。"周淑芬说。

"刚才我是真饿了，我也不知道怎么就没忍住。反正，芬姨你也不是外人。"吴时雨有些不好意思地说道。

"要不要再来一碗？"周淑芬问道。

吴时雨摆了摆手，连忙说道："不了不了，我只是饿，但不是大胃王。"

饭后，吴时雨和周淑芬仍走在梧桐路上，但此时的吴时雨已全然不似白天的她。慌乱和紧张的感觉消失了，她只是稳稳地向前走。有了周淑芬的陪伴，吴时雨积压的情绪找到了一个宣泄口，不管是欢乐的、悲伤的，抑或是困惑的，她都一股脑地说给周淑芬听。

不知不觉中，二人已走到梧桐路的尽头，离她们来时停车的商场也仅有一街之隔。

在等待红绿灯时，吴时雨说道："芬姨，谢谢你今天陪我。那天晚上从医院回家，我大哭了一场。母亲走了以后，我总觉得这世上就只剩我一个人了。"

"不要这么想，你的未来还很漫长，还有很多人会陪伴你。"周淑芬说道。

"我从没过分奢望过未来。只要比过去强一点，我就心满意足了。我的人生，总是乱七八糟的。"吴时雨有些无奈地说道。

"会越来越好的。"

说罢，二人已经穿过街道，走到了停车的小商场。

梧桐路人群依旧，甚至比白天还要热闹，只是那喧嚣声已经在她们身后渐渐隐去。

第三章　不速之客

和母亲告别的日子是一个大晴天，梅雨季节里难得的晴天。

太阳刚升起的时候，阳光就格外耀眼，原本潮湿的空气因为阳光的出现变得清爽，透明而湛蓝的天空几乎没有任何云层的遮挡。吴时雨有种在童年故乡的错觉。

近几天她因筹备母亲的后事变得烦躁不安，连日的阴雨天更是让她觉得烦闷压抑，久违的阳光和清爽的空气驱走了她心中些许的不快。

吴时雨一直没敢亲自给远在他乡的姥姥报丧，在给舅舅和大姨去电话时，也请求他们尽量婉转地告诉老人情况。李守芳在20世纪80年代初离开老家随丈夫南下，专心相夫教女。和丈夫离婚后，她就彻底成了一个"无根之人"。为了孩子的成长，她选择在大城市扎根。由在城中村摆摊给人做裁缝开始，她慢慢有了自己的店，后来又转做服装批发，如此才将孩子抚养长大。若不是事出突然，李守芳应当更愿意回到家乡度过晚年，落叶归根。

在考虑告别仪式的邀约名单时，吴时雨才发现自己离母亲的生活是如此遥远。除了周淑芬，她几乎不了解母亲在这座城市里其他的朋友或者熟人。活了三十多年的她才猛然醒悟，原来她们

第三章　不速之客

母女一场的缘分就像两条相交的线，二人最亲密的时光不过短短一瞬，随后就是越来越远，越来越陌生。

如果没有周淑芬的陪伴，吴时雨几乎不知道如何面对这突如其来的意外。在外人看来，她勇敢而坚决，总是能将一团乱麻般的事情迅速理出头绪，并且做出最正确的选择。可是，在面对自己最亲近的人时，她却显得手足无措。

告别的地点在北郊的一个小公园旁边，吴时雨需要驱车从城市的最南面穿过整个城市。因为前一夜几乎没有睡着，在太阳刚刚探出头的时候，她就从家里出发了。吴时雨从来不曾在这个时间点去感知这座城市，一直以来，她都随着都市的节奏而动。当打开车窗呼吸到第一口清晨的空气时，她着实有些惊喜，这空气的味道是清新而单纯的，完全不似平日的复杂浑浊，甚至因微风吹过，还透着一丝花香的清甜。南边林立的高楼在失去往来车流的陪衬后，显得孤寂而清冷，只有反射在玻璃幕墙的阳光才让这片钢铁森林有了一些温度。

没有了密集的车流，吴时雨开始在城市的道路上驰骋。她索性将车窗全部打开，任风肆意吹过她的脸。她感受着速度和风带给她的刺激，这使她恍若回到了童年。记忆中的故乡也是这样清爽干燥的风，父亲会骑着摩托车带她从矿区到生活区找母亲，颇有胆气的她总是会叫父亲开得再快些。只要父亲说一声"时雨，坐好，抓紧我，我们准备起飞了"，吴时雨就会开始欢呼。父亲的车技一直是队里一流的，只见他轻轻扭动油门，车就开始在山间轻巧地盘旋，吴时雨的笑声也会跟着父亲骑车的轨迹从山的这一头传到另一头。只是，这所有的记忆都已经被封存，就在她父母彻底分手的那一天。

吴时雨抵达目的地时，周淑芬已经在等她了。周淑芬打扮素净，面色从容，和吴时雨一夜没睡的憔悴形成了鲜明对比。

"时雨，昨晚没睡好吧？"周淑芬关切地问道。

"是，昨晚我脑子里一直浮现各种各样的场景。姥姥还不知道这件事，舅舅和大姨也不方便过来。等过一阵挑个合适的机会，他们会告诉姥姥情况。不过，他们还是希望把母亲送回家。"吴时雨说道。

"当然，葬在这里不合适，你母亲肯定也希望回家的。"周淑芬说。

"我想也是。虽然她并没有和我谈起过，但那天在客厅里看到胡杨木雕时，我就知道她一定是想家的。"说完，吴时雨叹了口气。

临近约定时刻，一位身材瘦高、肤色偏黑、戴着眼镜、身着黑色大衣、步履稳健的男性走进了大厅。

最先发现他到来的是芬姨。她立刻轻轻推了推低头整理物品的吴时雨，示意她看向门口。

原来是吴成刚。

吴时雨有些惊讶，因为自从医院分开后，她就再也没有联系过父亲。

"爸，你来了。"吴时雨说道。

"我来送送你母亲。这几天，我一直走不开，你许阿姨反应很激烈。"吴成刚略带歉意。

"爸，我理解，打电话给你本就不太合适。今天你能来，我已经很满足了。"吴时雨说。

"时雨有我陪着，你不必太担心。"周淑芬说道。

第三章　不速之客

"是，辛苦你了。"吴成刚看向周淑芬，略微点了点头。

宾客如约而至。吴时雨神色平静，脸上没有过度的悲伤，也没有太多的表情。简单握手致意，然后微微鞠躬，一如她多年的处世风格。在公众场合，吴时雨总是有意与人保持一种淡淡的疏离感。

吴成刚和周淑芬一左一右站在时雨身边，等待着最后告别的时刻。就在这时，一位男子步履匆匆、神色紧张地闯了进来。

吴时雨几乎不敢相信眼前的场景。那张熟悉而陌生的脸，曾狠狠地将她的生命撕开了一个巨大的创口。

他如何知晓母亲去世的消息？这些年他去哪儿了？消失了这么久的人此刻出现又是为了什么呢？

无数个疑问划过吴时雨心头，令她感到十分混乱。

这些年，她早已绝了见他的念头，但她内心深处的某个角落还是因对方的出现掀起了一场风暴。

男子的目光迅速扫视了大厅一圈，然后落在吴时雨的方向。

他在朝她走来。距离越来越近，他的形象也越发清晰。他仍旧是一头标志性的卷发，身材比几年前略微壮实了些。原本硬朗的面部轮廓变得柔和，眼神里的不羁和傲气褪去了几分，流露一种未曾有过的沉稳与平和。

两人的距离越近，男子的步伐也愈加缓慢。他预设过许多重逢的场景，但没有一个是在今天这样的场合。如果不是今天这种会面，也许他会精心安排一场偶遇，然后向她诚恳地道歉，再告诉她这些年他去哪儿了。几乎是第一眼，他的目光就被眼前这个女子牢牢锁住。几年不见，她比以前更加清瘦，似乎只一阵风就可以将她吹走。她不再染一头栗色的头发，而是恢复了原本的黑发。唯一不变的，是她倔强的神情，只是这份倔强中多了一丝冷漠。从她看向他的眼神中，他明显感受到了一种抗拒。

所有人的目光都聚焦在了他们两人身上，张若翔正想说些什么，吴时雨便先冷冷开口道："你来干什么？"

"我来送妈，呃，阿姨……最后一程。"他有些不知所措，原本在嘴边的话又咽了下去，只是眼神流露一种从未有过的渴盼。

吴时雨有些错愕，她从未想过这个骄傲的男子会有如此笨拙的一面，但她仍旧以平淡的语气回道："你早就没这个资格了。"

男子并没有放弃，转而以更加和缓的语气说道："从前很多事情是我做错了，离开的这几年我也慢慢意识到自己的问题。无论如何，阿姨曾是真心对我的人，今天我只是想来这里表达我的心意。你对我的怨恨和不解，我们之后再谈，好吗？"

吴时雨没想到他会有这一番表白。印象中的他不曾这样低声下气地求人，至少他没有在自己面前如此。经过这些年的历练，她总以为自己的心如同磐石一般坚硬，可此刻面对眼前的人，她还是有一丝丝的不忍。

"没有谈的必要，我既没有怨恨也没有不解。只是今天这个场合，你并不适合来。"吴时雨说。

男子犹豫片刻，随后看向了吴成刚，希望他能替自己解围。

"叔叔，好久不见。"

吴成刚并没有直接回应他，而是转头对吴时雨说道："时雨，大家都等着呢，让你母亲早些安歇吧。"

吴时雨有些无奈地点了点头，示意男子站在一旁的角落里。

葬礼是吴时雨和周淑芬认真安排的。李守芳身着她平日最爱的丝质裙装，脸上化着精细的妆容，神色宁静，丝毫看不出车祸

第三章　不速之客

时的痕迹。

吴时雨低垂着头，目光却并不聚焦，只是任由追悼词一句句掠过耳边。她眉头紧锁，手心和背上都冒出了冷汗，身体僵硬得像一座雕塑。

时间悄然将一切都转变了，尤其是眼前静静躺在花丛之中的母亲。

吴时雨想起了年轻时的母亲。那时的李守芳皮肤细腻光洁，眼睛大而有神，头发乌黑如瀑。而彼时的自己还是一个调皮活泼的小女孩，还没有随父母来到四季如春的南国。她自小爱和男孩玩在一起，翻墙上树掏鸟窝几乎是每天的必修课。每当她和其他同龄的孩子在外闯了祸，严厉的父亲总是少不了一顿训斥，而母亲总是温柔地将她拥入怀中，轻轻拍去女儿身上的尘土，再细细叮嘱她要注意安全，不要弄伤了自己。

想到这里，她的嘴角微微上扬。那是她人生中为数不多的甜蜜记忆，尽管父亲严厉，甚至有些专制，但她知道父亲是爱自己的，母亲的爱则更不必说。如果有一个完美的慈母形象，那么她童年记忆中的母亲必定分毫不差。

致悼词结束，吴时雨的思绪从她出生的那片故土飞了回来。按照流程，所有的亲属、朋友要做最后的告别。

这一次，她的目光紧紧锁定在了母亲的面庞。她有意放慢了步子，想看得更仔细一些，可是她眼前的母亲却越来越模糊。她的身体似乎失去了控制，止不住地发颤，泪水顺着脸颊一直流到脖颈。她再也无法掩饰自己的悲痛，索性放开了声音哭。她的步子开始变得踉跄，为了掩盖连日疲惫的妆容甚至都被泪水冲花了。

众人的目光都投向了她，尤其是和她一起工作了许久的伙伴。

他们从未见过如此失态的吴时雨。平日的她总是优雅得体，对待同事和朋友体贴周全，工作时严肃而认真。

周淑芬见情况不对，抢先一步扶住了差点昏过去的吴时雨，并迅速带她离开了告别现场。

吴时雨没有完整地送走母亲。剩下的仪式是由吴成刚主持完成的。

没有人注意到，在混乱的现场，那个不速之客——吴时雨的前夫张若翔，也悄悄跟在了周淑芬身后。

周淑芬陪吴时雨去了医院。因为连日的不眠不休，以及长期的营养不足，再加上精神巨大的打击，吴时雨出现了暂时性晕厥。再度醒过来时，吴时雨正躺在医院的留观室。

"时雨，你把我吓坏了。现在感觉怎么样？"周淑芬问道。

"我……还好。对不起芬姨，让你担心了。"吴时雨揉了揉眼睛，有些不好意思地说道。

"来，先喝点热汤。你怎么会低血糖呢？我不是让你早上吃些东西再过来的吗？"周淑芬一边说着，一边将吴时雨扶了起来。

"早上出来得匆忙，也不觉得饿。"吴时雨说。

只见周淑芬打开了桌边一个精致小巧的保温袋。清甜的雪梨汤滑过喉头，吴时雨觉得精神了不少。

"是我喜欢的味道。"吴时雨说。

"喜欢就好。"周淑芬顿了几秒，又补充道："这是张若翔送来的。"

吴时雨心头一震，又仔细看了一眼包装袋——那是他们曾经最爱去的一家店。

"他人呢？"吴时雨问道。

第三章　不速之客

"他说不想再刺激你,放下东西就走了。还有几样点心,你饿了可以吃。"周淑芬答道。

吴时雨没有再追问,只是默默地喝完了这一盅汤。

第四章　身世之谜

周淑芬陪吴时雨回到了家。

吴时雨已经记不得，上次有人陪她回家是什么时候。或许对她而言，这只是个华丽而舒适的住宅，并不能称之为真正的家。

尽管吴时雨已经恢复了体力，但连日来的压力和忙碌却夺走了她的生气。她双眼凹陷、布满血丝，脸上没有任何表情，暗黄的脸色也因为妆容褪去而显现了出来。她蜷坐在沙发的一角，仿佛所有的力气都已经被抽干。

"时雨，你父亲说他一会儿过来看看你。"说着，周淑芬倒了一杯热茶给吴时雨。

"唉，是我不争气，今天这样的场合我怎么会失控呢？还得让父亲替我圆场。"吴时雨有些自责地说道。

"想哭就哭出来吧，那样的情况下，大家都能理解的。"周淑芬安慰道。

"妈妈走了以后，我感觉整个世界都坍塌了。虽然妈妈离我的生活很远，但只要她还在，我就觉得我似乎还有个家。"吴时雨一边摆弄着沙发上的泰迪熊，一边说道。

"放心，你还有我呢。我和你母亲认识三十多年了，你就像我

第四章 身世之谜

自己的孩子一样。"周淑芬温柔地说道。

"我一直没有问，母亲最后打给你的电话里说了什么？"

"我接到她电话的时候，她的声音已经断断续续的了。她只说让我好好照顾你，还有，她想回到老家去……"

"我会完成她的心愿。"吴时雨眼神坚定。

"今天天气很好，像极了她故乡的天空。"周淑芬说。

"是，早上出门的时候，我也觉得像极了老家。我有十多年没回去过了。这次，我想回去好好看看。"吴时雨说。

"我也很久没去过了，那段岁月真令人难忘。"周淑芬感叹道。

"可以给我讲讲你和妈妈的故事吗？"吴时雨问。

周淑芬微微一笑，然后说道："当年我19岁，和一群勘探队的年轻人一起去了西北。我和另一个姑娘就住在你姥姥家，每天吃穿住行都和你妈妈在一起，三人总是形影不离的。"

"19岁就认识了，你们认识的时间比我年龄还要大。"吴时雨感叹道。

"我和你妈妈一见如故，你姥姥对我的照顾也很多，我们处得就像一家人一样。"

"那你后来为什么离开了呢？"吴时雨问道。

周淑芬犹豫片刻，继续说道："因为一些家庭的变故。我本想一直留在西北，但阴差阳错，我还是回到了南方，后来就跟着下海了。"

"芬姨，其实我一直想问，你自己的家庭呢？"吴时雨有些犹豫地问道。

"我曾经有过，但最后失去了。你母亲比我幸运，她有你。"周淑芬说。

吴时雨有些难过,但她却不知道该怎么去安慰周淑芬。

看着吴时雨略有些难过的表情,周淑芬故意满不在乎地说道:"都过去了,现在,我过得很好。"

就在这时,门铃响起,周淑芬起身打开了门。

"时雨,你怎么样,好些了吗?"吴成刚一进门就急切地问道。

吴时雨调整了坐姿,以轻松的语气说道:"爸,我没事,只是这几天太累了。"

"都这么大的孩子了,还是不知道照顾自己。"吴成刚心疼地说道。

"您都说我是孩子了,当然要允许我孩子的一面。"吴时雨调皮地说。

周淑芬和吴成刚都笑了。

"今晚,咱们就在时雨家一起吃吧,我来做饭。"周淑芬提议道,随后又立刻补充了一句:"时雨,能借用一下你的厨房吗?"

"可以是可以,只是不知道厨房的工具会不会罢工。而且,爸爸你可以留下吗?"吴时雨说道。

"今晚可以,就是要辛苦你芬姨了。"吴成刚说。

"就这样说定了,我下去买菜。"周淑芬说道。

客厅里,略带复古风格的时钟指向了五点。周淑芬出门后,客厅里的空气似乎变得安静了,许久未单独相处的父女俩静静地坐在沙发上。

"爸,今天辛苦你了。"还是吴时雨先打破了沉默。

"说那么客气的话干什么。我是身不由己。有些事,有些场合我不方便露面,但并不代表我不在乎。"吴成刚无奈地说道。

"那天早上,我很犹豫要不要给你打电话。许阿姨接起电话的

第四章 身世之谜

时候,我都后悔了。"

"许阿姨心不坏,她也是替我不平吧。但事情过去了这么多年,该放下的也都放下吧。更何况,你母亲已经走了。"

"爸,小时候我不敢问,后来也没有再问过。当年你和母亲分开,到底是因为什么?"吴时雨将泰迪熊紧紧抱在怀里,下意识地咬了咬嘴唇。

吴成刚叹了口气,然后说道:"其实真相并不那么重要。不过你卷在里面,受伤最深,尤其是对于当时还是孩子的你来说。也许你听到过一些风言风语,也有过猜测,而事实上,根源不是传言那样,它很复杂。"

这一番解释让吴时雨很失望,她本寄希望于父亲,希望他能替自己解开多年的疑惑。但她同时也能理解父亲的回避,往事虽已过去,但再度提起仍是伤人的。

"爸,我理解你的顾虑。你能不能告诉我,妈妈真的是像别人说的那样吗?这么多年过去了,我一直没有真正了解过她。别人口中的她和我接触的她似乎是两个人,究竟哪一个才是真的呢?"吴时雨说道。

"作为母亲,她没什么好指责的,这一点你可以确信。"

"上学时,有人说我不是你的女儿,所以你才不管我们母女俩。"吴时雨低下头,轻轻摆弄着泰迪熊的手。

吴成刚沉默半晌,脑海里浮现出那个任性胡闹,在他身边撒娇,让他跑好几个街道去买各式晶莹剔透的钵仔糕,用甜甜的声音喊爸爸的小女孩形象。吴成刚皱了皱眉头,然后说道:"不管别人怎么说,你永远是我的女儿。对不起,因为我的缺席,让你吃了很多苦。"

听到"对不起"三个字,吴时雨哭了,父亲的沉默让她懂了真相。很多年来她都在为自己的身份困惑焦虑,年幼的她不理解为什么那么疼爱她的父亲会舍得让她住在阴暗潮湿的筒子楼里,很久都不去看她一次;为什么会有那么多不认识的叔叔来敲门,嘴里说着不干不净的话;为什么同学和老师都歧视她,只要她做错一点事,大家会嘲笑她是野孩子。好多次她追问母亲,母亲只是一边流泪一边说让她不要理会。后来,她努力证明自己,一点点把撕碎的自尊重新拼接起来,她用尽全力逃离母亲,想要把回忆统统抹去。但所有的努力,却好像因为母亲的意外离去而付之东流。

"爸,你没有错。芬姨说,一切都是造化弄人。我不怪别人,要怪只能怪我的命运。"吴时雨哽咽着说。

吴成刚没有说话,而是递给女儿一张纸巾。然后,他走到阳台上将窗户打开,从衣服兜里掏出打火机,熟练地点燃了一支烟。

吴时雨将泰迪熊抱在怀中,然后从沙发上起身,对阳台上的父亲说道:"爸,我昨晚没睡好,先去房里休息会儿。等芬姨做好饭了,你们再叫我。"

"好,你先睡吧。"吴成刚说道。

买菜回来的周淑芬闻到了空气中残存的烟味。空荡的客厅里只剩吴成刚一人坐着,他满脸的愁容仿佛宣告着刚才发生了一场风暴。

周淑芬轻轻地问道:"时雨呢?"

吴成刚没说话,只是指了指吴时雨的房间。周淑芬点点头,也不再继续追问,走进厨房开始做饭。

吴时雨躺在熟悉的大床上,强迫自己闭上眼睛,不要再去想

第四章 身世之谜

过去的事情。她怀里抱着从客厅带进来的泰迪熊,想让自己尽可能放松些。这只玩偶是吴时雨最好的朋友送她的,陪伴她快十年了。

时针指向了八点。半梦半醒中,她闻到了辣椒和孜然的香气,这香气热烈而直接,直接将她从迷糊的状态唤醒。

她打开了房门,只见周淑芬和吴成刚正在厨房忙碌。吴成刚在揉面,周淑芬在炒菜,二人非常专注,甚至都没有注意到正在看着他们的吴时雨。

吴时雨有些恍惚,清冷的厨房很久没有这样的烟火气。即便她偶尔下厨,也是简单煮一些速食,一定不会像周淑芬和父亲这样进行复杂的工序。这突如其来的忙碌和热闹的氛围,顿时给这座冰冷冷的大房子带来了生机,也令吴时雨感到了家的味道。

吴时雨敲了敲厨房的门,然后说:"芬姨,我也来帮忙吧。"

"时雨,你醒啦。去客厅坐一会儿吧,这里有我和你爸忙就行,饭菜快好了。"周淑芬一边往炒锅里倒调料,一边跟吴时雨说道。

吴时雨说:"芬姨,让我参与一下吧,我难得做一次饭。爸,你还会做拉条子吗?"

吴成刚的情绪不似之前那样低落,只见他满心专注地摔打着面团,然后说:"那当然啦,我们当年支援的时候哪有饭店呢?全靠三脚猫的功夫打打牙祭了。"

周淑芬也说道:"是啊。每次放假了,我们几个年轻人就会凑在一起霸占你姥姥的厨房开始做南方的食物。当然咯,跟着你姥姥,我们也学会了做面食。"

吴时雨没有走进厨房,而是开始布置餐桌。她将空了的花瓶放在客厅里，又找出多年不用的餐布铺在桌上，还摆上了一套精致的餐具。

不出一会儿，炒拉条、酱爆羊肉、大盘鸡、香菇炒油菜和拌黄瓜就逐一摆上桌了。

"今晚是家乡风味，我有口福了。"吴时雨说道。

"快坐下尝尝吧，很久不做这些菜，也不知道正不正宗。"周淑芬说。

"肯定地道。我都下厨了，能不正宗吗？好歹当年我也是公认的大厨。"吴成刚说。

三人落座后，周淑芬说道："时雨，一切都过去了。从今天起，我就是你的亲人。"

"孩子，爸从前做得不对的，希望你原谅。今后遇到事情了就跟爸说，我也会一直在。"吴成刚说。

也许是为了抚慰正遭遇丧母之痛的吴时雨，又或许是吴成刚和周淑芬想起了自己的青春岁月，总之，三人说起了许多往事，尤其是关于吴时雨的童年。他们就像寻常的家庭一样，聊着日常和往事，不知不觉中，时间已经到了深夜。

一通电话打破了三人热烈的聊天——是许阿姨打来的。

接完电话的吴成刚耸了耸肩，无奈地说道："我得走了。时雨，明天我再来看你。"

吴时雨点点头，将父亲送到门外："爸，我没事。如果明天你不方便过来，我们也可以改天再见。"

周淑芬和吴时雨一起收拾完餐桌后，窗外开始飘起了雨。只一小会儿，雨势就逐渐变大。雨滴打在窗外的榕树叶上，发出沙沙的声音。

第四章 身世之谜

吴时雨顺势请周淑芬住在自己家里,二人坐在客厅里聊天。

"芬姨,今晚真的很惊喜,好久没吃到地道的家乡食物了。"

"我的手艺还是比不过你姥姥。这些菜都是她教给我的。"

"听你们聊天,我好像也回到了家乡。我的童年真是无忧无虑,简单快乐。"

"你要一直这么快乐。"

"唉,只怕没那么容易。你知道,在你回来前,我和爸聊到了什么吗?"

周淑芬想起了残留在房间的烟味和满面愁容的吴成刚。虽然她没有追问吴成刚,但她内心却隐隐猜到了某个方向。

"不知道,你愿意说来听听吗?"

"我想求证一件事情,是关于我身世的。"

周淑芬的猜想是对的,但她仍然不动声色。

"你的父亲怎么说?"

"爸并没有正面回答我……从他的话语中,我已经知道答案了。我不是他的亲生女儿。"吴时雨顿了顿,看向了周淑芬,"你和母亲相识多年。能不能告诉我,我的亲生父亲是谁?"

第五章　合作伙伴

雨，下了整整一夜，树叶落满了整个院子，清晨的空气又恢复了往日的潮湿。

昨夜的对话戛然而止，周淑芬平静得近乎毫无波澜的神情让吴时雨无法再问到更多想要的细节。临睡时，吴时雨不由得想，或许周淑芬也不知道吧，就算她和母亲情同姐妹，每个人内心深处也都有他人无法窥测的秘密。

没有得到答案的吴时雨自然是失落的，但此刻她还有最后一个机会拨开那团自青春期就萦绕在她心间的迷雾——回到故乡。昨晚周淑芬和吴成刚下厨时的熟悉及默契，以及他们在医院相见时淡淡的疏离，让吴时雨隐约觉得这两位长辈在隐藏什么。而这所有的秘密，都被埋藏在了他们年轻的往事中。

"芬姨，我想后天就回姥姥家。"正在吃早餐的吴时雨突然说道。

"太赶了，而且，你姥姥还不知道情况呢。"周淑芬说。

"我今天去公司一趟，晚上给姥姥打个电话，明天收拾妥当，后天就可以出发。"吴时雨恢复了往日的干脆利落。

周淑芬见吴时雨很坚决，便也不再劝："好吧，我来帮你准备。"

第五章　合作伙伴

吴时雨换上裁剪合身的黑色西装,简单化了个淡妆,又将披下的头发全部盘起,匆匆地提上装满会议资料的包出门了。出发前,吴时雨给助理夏楠打去了电话,让她将会议室提前准备好。

回到公司的吴时雨和往日并无二致,除了最亲近的几位助手,没人知道吴时雨经历了什么。在她突然消失的这一周里,助手夏楠把公司的事务打理得井井有条,大家只觉得吴时雨去外地出差了。

"吴总,我们已经将上周会议讨论的最终方案做出来了,您看是否可以最终定稿。"开会前,夏楠将准备好的资料悉数交给了吴时雨。

"好的,我先看看,一会儿咱们再说。"

吴时雨浏览着资料,笔也在纸上飞速勾画重点。尽管她有一周没来过办公室,但只要坐在这张椅子上,她就能以最快的速度进入工作状态。在看到合作商的名字时,吴时雨意外发现了熟悉的三个字——张若翔。她心底泛起一丝惊喜和难以置信,但随后又否定了自己的想法。这只会是个巧合,桀骜不驯的艺术家怎么会做这么俗气的工作呢?

夏楠将前期工作做得细致认真,会议比往常顺利许多。散会后,吴时雨又将夏楠单独留下。

"合作商的资质你反复确认过了吗?"吴时雨问道。

"是的,我已经详细查过了。对方资质和信用都没问题,而且价格也很公道。"夏楠说。

"你见过合作商张若翔本人吗?"吴时雨继续问道。

"没见过,我一直是和他的助理对接。周一散会后,对方助理联系我,说张总想和您当面谈谈合作细节。"夏楠回答道。

"什么？这么重要的事情，你怎么没告诉我呢？"吴时雨有些不快。

夏楠小心地解释道："我从周阿姨那里听说，您的状态不太好，而且我们不确定您什么时候才能回公司，所以就将这件事情延后了。"

吴时雨意识到自己有些着急，便放缓了语气："嗯，你和他们再约个时间吧，我过一阵还要离开几天。其他细节我认为都没问题了，只是对于这个合作商，我想亲自确认一下。"

"我和对方助理一直保持联系，我现在就给他们去电话。吴总，您看什么时间合适？"

"今天都可以，最迟明天上午。"吴时雨说。

"好的，我现在就去确认。"夏楠说完，便走出了会议室。

吴时雨回到了自己的办公室。她又将刚才的会议资料仔细看了一遍，目光仍不自觉在"张若翔"这三个字上停留了几秒。也许，真的是他呢？吴时雨设想了另一种微乎其微的可能——他放弃了艺术的梦想，找到了另一个人生方向。

夏楠的敲门声打断了她的思绪。

"吴总，已经约好了。下午三点，对方来我们公司。"夏楠说。

吴时雨一时拿捏不准是对方有诚意，还是想来试探自己公司的实力，所以才选择登门拜访。她思索片刻，然后对夏楠说："小会议室提前布置好，给员工再强调一下纪律，今天下午务必要体现我们公司的精神面貌。"吴时雨又补充道："把对方公司的资料找出来，我要仔细看看。"

简单的午餐后，吴时雨顾不得休息便回到了办公室。她要将累积的工作悉数完成，还要把接下来一周的工作安排好，如此才

第五章　合作伙伴

能放心离开。离约定的时间只剩半小时，吴时雨翻看起了对方公司的资料。在排除个人情感的干扰下，吴时雨并没有发现其他的异样。她定了定心，拿出镜子快速补好了妆，又整理了一下衣着，便走向了会议室。

写字楼下的停车场，一位西装革履的男士按下了电梯。他眉头微微皱起，双手交叉握着，若有所思。电梯停在十六层后，他缓缓走向了前台。

"你好，我是来找吴总的，我们约好三点。"男子微笑着说道。

正在整理资料的前台小曾抬起了头，这位气质儒雅、彬彬有礼的男子不由得让她眼前一亮，于是也微笑着问道："您是张总吧？"

"是。"

"快请进，吴总已经在会议室等您了。"说完，小曾便将男子带进了夏楠的办公室。

会议室里，助理已将茶水准备好，吴时雨正坐在一旁的沙发等待合作商的到来。她有些心不在焉，手指敲打着沙发扶手，脑海里竟不像往常一般思考谈判应有之事，而是想起母亲葬礼那天张若翔恳求的语气和渴盼的眼神。

"吴总，张总来了。"夏楠敲了敲门。

吴时雨站了起来。门倏忽打开，一位身着藏蓝色西装、头发微卷的中年男士出现在她面前。

吴时雨脸上满是错愕。竟然真的是他——昨天匆匆来到母亲葬礼的张若翔。她无论如何也无法将眼前这位穿着得体、温文尔雅的男士和曾经那位不食人间烟火、一身傲骨的"艺术家"联系起来。而且在他们吵得最厉害的时期，张若翔还曾经指责过她的市侩和功利主义。

夏楠显然不明白吴时雨错愕的表情，她只以为自己来得并不合时宜，正想开口说些什么，却又不知道从何说起。

　　吴时雨捕捉到了夏楠的尴尬，便主动伸手对张若翔说道："你好，张总。"

　　张若翔也微笑回应道："你好，吴总。"

　　说完，吴时雨向夏楠使了个眼色，示意她出去等候。夏楠松了口气，飞快走出了会议室，又将门轻轻地关上。

　　吴时雨走到会议桌前，淡淡说道："请坐吧，张总。"

　　张若翔坐到了吴时雨的对面，有些不好意思地说道："你这声张总，让我总觉得有些不自在。"

　　吴时雨不愿回应其他，而是直接切入了主题："贵公司为什么选择与我们合作？"

　　"因为，我们认同你们公司的理念，也相信你们的业务能力。"张若翔说道。

　　吴时雨似乎听出了话外之音，便继续追问道："那么，你认为我们公司的理念是什么？"

　　张若翔说："一丝不苟，精益求精，追求极致。"

　　吴时雨只觉苦涩和讽刺。曾几何时，他们婚姻破裂的导火索便是她在工作上的极致追求。现在，这种理念竟成了双方合作的理由。

　　吴时雨继续不动声色地说道："贵公司的资料和论证方案我们已经研究过了，大体上我们没有异议。但由于我们是初次合作，所以在条款和分配方式上会相对严格些。"

　　张若翔不假思索地说道："没问题，合作是建立信任的基础。我相信通过这一次合作，以后贵公司还会继续选择我们。"

第五章　合作伙伴

　　吴时雨没有料想到张若翔的爽快。在这个会议室里，她见过形形色色、各式各样的合作伙伴或是竞争对手，她也曾累积了无数与其周旋的经验和谈判手段，但像张若翔这样不求利益、但求合作的人还是第一次遇见，以至于她一时不知如何应对。

　　吴时雨将草拟的合同递给了张若翔，然后说道："这是我们拟定的合同。请你看看具体条款，如果有要修改的部分，我们就在这儿讨论。"

　　张若翔点了点头说道："好的，合同我需要仔细看看，请给我一些时间。可以请吴总给我倒一杯茶吗？"

　　吴时雨没有说话，而是起身走到了会议桌旁边的茶台给张若翔倒了一杯水。张若翔接过吴时雨倒的茶水，浅浅饮了一口，随后就将茶杯放在了远处，低头认真阅读起了合同条款。

　　吴时雨静静看着离她咫尺之遥的张若翔，有种恍若隔世的感觉。他还是留着一头卷发，眸子透亮深邃，隐约可见的绿色瞳孔昭示着他别样的出身。他双手白皙修长，指节分明，指甲被修剪得干干净净。即便是坐着看合同，他仍然保持着优雅的姿态。

　　此刻张若翔的神态极度专注，与他对话时自然而轻松的状态截然不同。在吴时雨的记忆中，这专注的神态只专属于他练琴的时刻。那段艰难而甜蜜的岁月里，两人租住在艺术氛围颇浓的江心岛，可当时他们经济条件有限，只能租得起一间小小的屋子。每当琴声响起，她就需要为张若翔静默。尽管她的事业正在起步阶段，每天都需要联系许多不同的人，但只要张若翔弹琴，她就会到室外去接打电话。她习惯了在他专注的时刻沉默，正如此刻会议室里的吴时雨。

　　张若翔指出了一些无关紧要的细节部分，希望吴时雨能够详细解释；而关于合作的重点，他一概忽略不论。吴时雨知道是张若翔故意为之，隐隐觉得有些可笑，但也并不说破，而是耐心地给他一一解释。不知不觉中，两人谈了一个多小时，最后终于将合同签订。

"合作愉快。"这一次，张若翔主动伸出了手。

吴时雨也再度伸手说道："合作愉快。"

"能请吴总赏脸吃顿晚饭吗？"张若翔问道。

吴时雨对这突如其来的邀约有些拿不定主意。按照惯例，合作商之间吃顿饭并没有什么特别的。但两人之间微妙的关系，让她不知道是否该应邀。

看见吴时雨在犹豫，张若翔又继续说道："请吴总不必过分担心，只是一顿便饭。初次合作，希望能加深印象，也方便我们后续的工作交流。"

吴时雨想了想，然后回答道："好。只是时间要稍晚些，我还有一些工作没处理完。"

张若翔笑着说："感谢赏光。我们定八点如何？"

吴时雨说："好。我等你消息。"

送走张若翔后，吴时雨怅然若失地走回了自己的办公室。夏楠兴奋地敲了敲吴时雨办公室的门，走进来说道："吴总，你们签合同的速度真快！他对我们的要求几乎全部有求必应，这样的合作伙伴可真是百年难得一遇。"

吴时雨不知如何解释，只好笑着说："还得谢谢你这个机灵鬼，替我找到了这样的合作伙伴。"

夏楠摇了摇头说："我可不敢居功。说来也奇怪，这位合作伙伴是自己找过来的。一开始，我还有些犹豫，按理说这样厉害的公司是不会主动来找我们的,更何况开出的条件还那么好。但三番五次沟通过后,我觉得他们确实诚意十足,这才定了下来。"

吴时雨点点头说:"是啊,确实是奇怪的合作伙伴。"

第六章　江心岛

江心岛是一座不断扩张的人工岛。原本，它是河流冲击而成的沙洲，只有小部分渔民在那里居住。后来，外国人看上了这里便利的交通，便趁战火强行占为租界，建起了许多领事馆和教堂。如今，这座小岛虽不断扩张，却仍保留着异域风貌，教堂、学校、民居、餐厅、展馆一应俱全。另外，由于江心岛优美的环境和特殊的历史沉淀，这里还是艺术家聚会交流的天堂。

傍晚，江心岛的人渐渐多了起来。夕阳将远处的天空染成了玫瑰色，阵阵江风吹过，白天的湿热完全被驱散，气温也变得宜人舒爽。从吴时雨的公司出来后，张若翔就开车来到了江心岛。曾经，他和吴时雨就住在岛上的老房子里，他们每天都会沿着江边散步聊天。远处教堂的钟声响起，张若翔循声走过去。只见教堂外的围墙已开满了蔷薇花，张若翔记得，上次他来的时候这里还只是一片枯藤。院子外的门并没有锁，张若翔循着石板路走进了教堂。余晖透过玫瑰花窗洒在了木制座椅上，他就坐在最后的阳光里，静静看着十字架上的耶稣。

张若翔的父母都是天主教徒。从小他就看着父母去教堂做礼拜，对于教堂的陈设和仪式自然不陌生。尽管受到父母的影响，

第六章 江心岛

但他本人却并没有受洗。直到他和吴时雨分手后，他才算真正走进了教堂。

此刻，张若翔正在祈祷，祈祷他那不可探知的未来能有另一人参与，祈祷意外离去的李守芳去到天堂。随后，张若翔在圣母像前点燃了一支蜡烛，轻轻走出了教堂。

张若翔走向了一家复古而精致的餐厅。从外观看，这家餐厅在附近一众或清新或华丽的西餐厅中并不起眼，但走进内部，就会发现它的布置别有洞天。餐厅的装潢设计以咖啡色调为主，在靠窗的座位能清楚地看见江景，所有的灯具都是从国外运回来的，墙上陈列着江心岛不同年代的照片。更引人注目的是，餐厅的角落摆放着一架颇有年代的钢琴，它木质的色泽在灯光的照耀下显得格外沉稳。

时间尚早，餐厅里还没有食客，服务员正在做准备工作，张若翔走到了吧台。

正在厨房里忙碌的大胡子厨师发现了张若翔，便惊喜地问候道："嘿，竟然是你。"

"好久不见了，罗耶尔。"张若翔笑着说。

罗耶尔问："你是来吃饭的？还是来弹琴的？"

张若翔说："都是。你可以满足我这个愿望吗？"

罗耶尔笑着说："不难不难。只是最近餐厅不太景气，我们没法支付你的演奏费用。"

"现在的我哪里还能要演奏费呢？我只怕自己技术不娴熟，糟蹋了你的宝贝钢琴。"张若翔说。

罗耶尔感叹道："你太谦虚了。当初你给我们餐厅带来了多少客人啊，只要有你在，我们的餐厅就永远满座。客人不是冲我的食物来的,而是来看你的风采。"

"都过去了。今晚,我想弹给我邀请的客人听。"

"哦?是谁呢?"

"是一位故人。我们曾经走散了,现在我想把她找回。"

罗耶尔点点头说道:"弹琴部分交给你,食物就交给我。我们齐心协力,祝愿你成功。"

写字楼里,吴时雨正快速敲打着键盘,丝毫没有觉得天色已暗。员工都已陆续离开,只剩助理夏楠陪着她。张若翔发来了消息,晚餐地点在江心岛的浮流餐厅——一个他们都熟悉的餐厅。吴时雨有些发愁,离约定的时间只剩不到半小时,而她手头积压的工作尚未处理完。如果要赴约,今晚只怕还得再回来一趟。罢了,看来后天是无法动身了,吴时雨想,她索性放弃了赶工的计划。

"小楠,你回去吧。不用在这儿等我了,我明天还来。"吴时雨一边穿外套,一边走出门外对助理说。

夏楠问:"您不是后天要回老家?明天来公司的话还有时间准备吗?"

吴时雨说:"后天走不成了,计划有变。走吧,我们一起下去。"

夏楠点点头,快速地收拾好放在桌上的物品,跟在吴时雨身后。

电梯里,夏楠发现吴时雨似乎又比之前瘦了一圈,于是开口说道:"吴总,您刚回到工作岗位,又马上要远行。今晚吃饭就不要喝酒了。"

吴时雨笑着说:"放心吧。你不是说对方是百年难得一遇的合作伙伴吗?主动权还是在我们手中的。"

第六章　江心岛

夏楠调皮地说道:"说真的,那个张总还真是一表人才。而且看他的长相,似乎有点混血儿呢。"

吴时雨说:"你什么时候成花痴了?不过,他的确是混血儿,他的爷爷是葡萄牙人。"

夏楠投去了惊讶的眼神。"吴总,您连这都挖出来了?真厉害啊。"

吴时雨快步走出电梯说道:"这段时间辛苦你了。等我回来,给你放个假吧。明天见!"

由公司去往江心岛的路上,吴时雨给周淑芬去了电话。

"芬姨,公司的事情没有处理完,我后天走不了。"

"我早上就觉得时间来不及。今天,我又去梧桐路整理了一些物品,你到时一并带回老家吧。"

"好的。今晚你还能住我家吗?"吴时雨问道。

"当然可以了。要回来吃饭吗?"

"不,今晚我有约了。等我回来,我们再聊吧。"

吴时雨上一次来江心岛,已经是几年前的事情了。吴时雨很久不曾观察这个生活多年的城市,她习惯了在城市的车河间穿梭,在会议室度过大把时间,偶尔在健身房里挥汗如雨。她不再关注哪家餐厅好吃,周末要和哪位朋友聚会。这几年,她的日程被填得满满的,不敢让内心有片刻的空虚。她只是生存在这个城市里,却早已忘记生活为何物。

夜晚的江心岛比起白天的浪漫精致来有了一种休闲的韵味。城市的灯光映照在江面上,微风轻拂,波光粼粼。江边有遛狗的一家人,聊天的情侣,锻炼的中年人,还有弹唱的青年人。

餐厅里,张若翔已经坐在钢琴前开始弹奏了。尽管他已好几年没在公众面前表演,但他的琴声还是吸引了不少人,不到八点餐厅就已经坐满了客人。以前听过他演奏的客人,更是一眼就认出了他。

几首曲子演奏完毕,张若翔回到了窗边预订的位置,准备等待吴时雨的到来。

就在他坐下后,一位白发苍苍、满是书卷气的老者走了过来。

"你好,打扰了。几年前,你是不是在这里弹琴?"

张若翔说:"是啊,请问您是?"

老者不疾不徐地说道:"我是这家餐厅的常客,以前是江心岛特殊教育学校的校长。几年前听到你的琴声,觉得十分动人。那时,本想请你给我的孩子们授课,但你却突然离开了。"

张若翔有些感动,他并没想到自己会得到如此肯定,"几年前,我因为有事不得不离开江心岛。谢谢您对我的认可。"

老者问道:"如果可以,你是否能每周来一次学校呢?哪怕给孩子们演出一场也好。"

张若翔思索了一会儿,然后说道:"我现在没法向您保证,但我一定会尽量抽出时间。我把电话留给您,之后我们再联系好吗?"

老者笑道:"太好了。我替孩子们谢谢你。"

两人交换联系方式时,吴时雨刚好走进了餐厅。虽然张若翔并没有告诉她是哪一桌,但她却下意识地走向了窗边他们常坐的位置。

看到老者的吴时雨惊喜地说道:"柳校长,好久不见,没想到在这儿遇见您了。"

老者回头,只见一位瘦削的女子正微笑看着他,随即微笑着

第六章　江心岛

说:"是时雨啊！几年不见你，你越发精致了，只是怎么瘦成这样了？"

吴时雨说道:"这几年忙工作，操心的事情太多，都没能来岛上看看您。"

张若翔并不知道两人相识，却也不得不感叹缘分的奇妙，"时雨，没想到你和这位老先生认识。刚才，他正邀请我去学校给孩子演奏呢。"

吴时雨对张若翔的称呼有些意外，今天下午二人还保持着礼貌与客套，但一走进这家餐厅，气氛却似乎发生了改变。

吴时雨说道:"柳先生德高望重，一辈子都在为江心岛的孩子奔走。如果你方便，去学校演奏也不失为一件好事。"

老人微笑着说道:"时雨过奖了，我只是做了分内的事情。既然你们有约，我就不打扰了，祝你们用餐愉快！"

老人离开后，吴时雨才坐了下来。张若翔给吴时雨倒了一杯水，然后主动说道:"谢谢你今晚能来。说实话，在你进餐厅的前一分钟我还在担心你会爽约。"

忙碌了一下午的吴时雨有些口干舌燥，她欣然接过张若翔递给她的水杯，痛快地饮了一大口——杯中是她最爱的薄荷水。从第一次来这家餐厅，她就爱上了主厨特制的薄荷水。她曾跟张若翔感叹过:还有什么比一大把薄荷叶揉碎的味道在舌尖绽开更令人开胃的呢？

杯中的惊喜过后，吴时雨仍保持着往日的平静:"我答应的事情一定会做到。毕竟，信誉是企业的生命。"

张若翔觉察到了吴时雨喝水时一闪而过的笑容，原本惴惴不安的心又踏实了些。

"说得对。今天你忙了一下午，我们就不喝酒了。来，为我们两家公司合作的开端举杯。"

二人碰杯后，张若翔请服务员上菜。不一会儿，大胡子主持就端着他精心烹饪的食物出现在了餐桌前。

许久没见到罗耶尔的吴时雨不由得露出了笑容："嘿，罗耶尔！今天你怎么亲自上菜了？"

罗耶尔将菜品小心地摆放好，笑着说道："若翔说今天有贵客，让我一定精心准备。没想到是老朋友来了。"

吴时雨看了看桌上的食物，发现罗耶尔的摆盘完全变了一种风格，每一道菜都像一幅画，不由得感叹道："几年没见，你的菜品都进阶成了艺术品啊！"

罗耶尔说："多谢夸奖，但味道也是有保障的哟。你们先吃，等厨房忙完了，我们再聊。"

罗耶尔走后，吴时雨问道："为什么会订这家餐厅？"

张若翔看着吴时雨的眼睛说："我没有刻意预订。从你公司出来后，我到了江心岛散步。看见浮流，我就不自觉地走进来了。"

吴时雨望向窗外，漫不经心地问道："你最近还在弹琴吗？柳校长怎么会找到你？"

张若翔说："已经很久不弹了。在你来之前，我用餐厅的这架钢琴弹了几曲。幸好我和琴彼此熟悉，勉强还能唬唬人，柳校长听完后就来找我了。"

吴时雨没有说话，而是开始品尝桌上的食物。她不由得想起，在二人拮据的婚姻时光里，张若翔总是会来这家餐厅兼职弹琴。一来二去，主厨兼老板罗耶尔也就和他们成了朋友。她总是会坐在舞台下，静静听着他的演奏，然后不时地看看客人的反应。

第六章　江心岛

又过了半晌,吴时雨才继续开口道:"为什么要跟我们公司合作?"

张若翔给吴时雨的杯子里添了一些饮料,然后缓缓说道:"说实话,好几个月前,我就在找机会跟你们合作。原因很简单,那就是你。"

尽管吴时雨早已猜出张若翔的意图,但真正听他说出这番话时,她的内心还是泛起了波澜。

吴时雨说:"没想到你会走上从商的路……我本以为你会更加坚定地去追求艺术。"

张若翔唇边露出了一抹苦涩的微笑,然后说道:"也许你不会信。我们分开后,我才慢慢发现艺术的理想并不是我的,而是父母的。我生命中最重要的意义,其实是你。"

第七章　错位理想

吴时雨抬头看向了张若翔，他眼神透亮而坚定，但写满了无奈。吴时雨只觉百感交集，像是自言自语地说道："我们不是谈公事吗？怎么又说起了私人话题。"

张若翔说道："和你分开后，我原以为自己可以更加自由地追求艺术了。可是我渐渐发现，哪怕我的技术再高超，却永远无法打动我自己。在父母的支持下，我去那些所谓的高级场所表演，但我只感到越来越空虚。我开始怀念在江心岛的日子，虽然我只能在餐厅弹奏，但我的每个音符都是有生命和感情的。这一切，都是因为有你。"

吴时雨思忖良久，她想起了江心岛小小房子里摆放着的钢琴。在两人吵得最激烈的时候，吴时雨曾失手将琴毁掉了。毁琴事件后，张若翔再也不和吴时雨说一句话，在长久的沉默中两人婚姻最终走到了尽头。

"可是，你心爱的琴终究是被我毁掉了。"

张若翔叹了口气，他不再看向吴时雨，而是望向了窗外江面上的灯火。

"那架钢琴的确陪伴了我很久，曾经我也一度以为那是我心爱

第七章　错位理想

之物。但后来,我才发现失去它的心痛远远抵不过离开你。艺术是我父母未能实现的梦想,我很感激他们领养了我,并且不遗余力培养我。我的童年和青少年全部是在钢琴前度过的,我害怕自己做得不够好令父母失望,害怕他们会遗弃我。慢慢地,我便把他们的理想当作我自己的了。"

吴时雨满脸错愕,这些藏在心底深处的话,张若翔从未对她说过。第一次见到张若翔的父母时,吴时雨就被对方父母优雅得体的举止深深吸引。这对夫妻身上的气质和修养是她永远无法在梧桐路见到的。他们冷静克制,说话落落大方;他们懂得许多她不了解的事物,却也能给予吴时雨最大的尊重和理解。她一直觉得张若翔拥有一对世上最完美的父母,她从来没想过,张若翔会是领养来的孩子,并且给他施加了如此大的压力。

"为什么你从来没和我提起过这些?"吴时雨问道。

张若翔喝了一口酒,说道:"因为,我怕你会看不起我。第一次见到你,我就被你脸上倔强的神情深深吸引。我用音乐给自己铸造了一个看似无比坚硬的壳,以此隔绝我内心的脆弱与恐惧。我羡慕你的独立勇敢,义无反顾,那正是我缺失的部分。"

吴时雨的内心交织着苦涩与暖流,她心疼眼前的男子,同时也为他们曾经的岁月感到无比遗憾。此时,她的思绪已完全从下午的公事转到了两人之间的情感。

"所以,你后来做了些什么?"吴时雨忍不住问道。

张若翔说道:"长期的演出让我彻底迷失,我开始失眠,后来不得不用药物控制。我想回来找你,可觉得自己这样不配见你。而且,即便我回来了,你接纳我了,没有经济基础我们也未必能走下去。后来,我索性放弃了音乐道路,开始经商。也许是和你在一起的日子受到熏陶吧，我很快就上道了，慢慢也有了财富的累积。"

吴时雨叹息道："太可惜了。你是有天赋的，而且付出了二十多年的努力。"

张若翔摇摇头："没什么可惜的。脚踏实地让我找回了内心的勇气，也促成了我们的合作。更重要的是，它把我带到了你面前。"

吴时雨继续问道："你来找我是早就规划好的吗？"

张若翔坦诚地说道："是的。几个月前，我就在准备跟你们合作的事情。周一那天，我想来公司找你，但夏楠说你遇到点事情。我多方打听，才知道你母亲遭遇车祸。很抱歉，再一次出现在你面前竟是那样的场合。可如果我不去，我想我会遗憾终身。"

听完张若翔的话，吴时雨已全然不知该如何与他继续相处。对方求和的意愿再明显不过，可那些争吵的日子，耗尽了的心力，以及错过的岁月，究竟要花费多少精力才能将它们统统补回来？加上她最近经历了重大人生变故，她无心也无力去思考和接纳一份感情。

吴时雨沉默半晌，说道："谢谢你的坦诚。也许我可以理解你，但目前我也无法说更多了。母亲的去世，让我的世界一夜之间完全破碎。关于我自己和母亲，还有好多事情弄不明白，我得去找寻一些事情的答案。"

张若翔笑道："好的开端是成功的一半。至少，我们可以期待一下合作吧。"

话音刚落，张若翔就起身走向了钢琴。他调整了坐姿，双手自如地放在琴键上，便弹奏起了《雨的印记》。这首曲子曾是吴时雨最爱的，但张若翔却嫌它不够高雅。即便吴时雨曾经多次请求，

第七章 错位理想

可张若翔就是在私底下也很少弹给她听。吴时雨坐在台下看着全情投入的张若翔,恍惚中像回到了当初的岁月。

曲毕,台下响起了掌声,吴时雨也不由得鼓起了掌。这时,大胡子主厨罗耶尔走了出来,走到了吴时雨跟前。

"终于忙完了,今天吃得还满意吗?"罗耶尔问道。

吴时雨说:"非常完美。以你目前的技术,完全够得上米其林大厨了。"

从舞台上走下来的张若翔说道:"你们在说什么悄悄话?什么米其林大厨?"

罗耶尔说:"这是秘密,不能告诉你。"

吴时雨说:"罗耶尔,快坐下,一起聊聊吧。"

三位阔别重逢的朋友一坐下便有说不完的话。等到吴时雨和张若翔离开时,已接近午夜了。

吴时雨回到家中时,周淑芬还待在客厅里。灯光被调成了温馨的暖黄色,电视里正播放着最近大热的电视剧,茶几上放着一杯温温的牛奶。她眼睛微闭着,身体懒懒地靠在沙发里。吴时雨的动作非常轻,以至于周淑芬都没有被开门声吵醒。

吴时雨轻手轻脚走回了自己房间,拿出一条薄薄的毯子想给周淑芬盖上,却不料走到她跟前时,周淑芬醒了过来。

"时雨,回来啦。我怎么睡着了?现在几点呢?"周淑芬睡眼惺忪地问道。

"是我回来晚了,现在已经十二点了。你怎么不去房间休息呢?"吴时雨问道。

周淑芬说:"我想等你。对了,我给你准备了一杯牛奶,现在是不是凉了,我去热一热吧。"

"没有,现在的温度刚好,我马上就喝掉。"说完,吴时雨就拿起了茶几上的牛奶。

"今天累了吧。公司的事情怎么样?"

吴时雨摇摇头说:"不累,但我明天还得再去公司。芬姨,今天遇到了一件怪事。我们公司新的合作伙伴竟然是张若翔,今晚我就是和他一起吃饭。"

周淑芬眉头一皱,惊讶地问道:"他不是弹琴的吗?怎么会跟你们公司合作呢?"

"说来话长。今晚他讲了很多关于他的故事,都是我以前从未了解过的。我觉得他变了,他不再是触不可及的影子,而是实实在在可以抓住的人。"

"人都是会变的。也许他经历了一些事,明白了一些道理。就像酿酒那样,原本的粮食经过转化,变成了更醇厚更有深度的酒。"

吴时雨点点头,"的确是这样。芬姨,你有过理想吗?"

周淑芬想了想说道:"年轻的时候算是有过吧。我们那时的理想很单纯,就是响应国家的号召,来到西部开发,把祖国建设得更好。"

"那我可不可以理解成,你们把建设国家当作自己的理想呢?"

"或许吧,自觉或不自觉的。当初一起去支援的伙伴,最后几乎都离开了。也不能说我们背离了理想,而是每个时代的任务和使命不尽相同。"

和周淑芬的谈话后,吴时雨怅然若失地回到了自己的房间。她不由得回想起张若翔的话,他说他错把父母的理想当作自己的理想。从第一次见到他开始,吴时雨就完全确信他是个为音乐梦

第七章 错位理想

想燃烧自己的人。她爱他的热忱和执着，羡慕他在练习和表演时的专注。所以，婚后，吴时雨把日常琐事全部承担起来，只为让他心无旁骛追逐理想。可如今，他却告诉自己这理想是错位了的。对于曾经的枕边人，她都不曾真正了解过。那么母亲呢？这些年的爱恨交织，不解与冷漠，是否也是错位了的？

也许是工作没完成的紧迫感，吴时雨第二天起了个大早。周淑芬还没醒，她轻声走进厨房，开始准备早餐。自从厨房被周淑芬使用过以后，冰箱和调料架就被塞得满满当当。她原本不会做饭，和张若翔结婚后，她开始练习厨艺，慢慢竟也能做得出一桌像样的饭菜。只是二人分开后，她就很少进厨房了。

厨房的香气唤醒了周淑芬。吴时雨的早餐尚未完成，周淑芬便走进了厨房。

"时雨，起这么早啊。你在做什么呢？"周淑芬问道。

"昨晚吃饭的时候跟主厨聊了会儿，他告诉了我一些做饭的诀窍和创意。今天起得早，干脆试试看。"一边说着，吴时雨一边将锅里的鸡蛋抛起翻了个面。

周淑芬笑着说："上得厅堂，下得厨房。今早我就等吴总的大餐了。"

吴时雨动作很快，不出十分钟，她就将锅里的食物悉数端上桌。吴时雨匆匆吃完早餐后，便和周淑芬告别去往公司了。

江心岛上，第一缕阳光透过百叶窗射进了一座老洋房的阁楼。昨晚送走吴时雨后，张若翔就返回了江心岛的住处。两年前，他买下了江心岛上的这处住房。房子只有一居室，他只摆放了最简单的陈设，以及那架被损毁的钢琴。经过专业的修复，钢琴已经能正常弹奏了，但张若翔却很少动它，甚至连这处住宅也很少来。

053

对于现在的他来说，这架钢琴更像是一件承载记忆的物品，而不是乐器。

早晨的江心岛是专属于自然的。没有了游客和岛外人的打扰，岛上显得安静了许多。阳光洒在江面上，反射出火红的倒影。江水缓缓流过，偶尔拍打着岸边激起声响，栖息在高大榕树间的鸟尽情鸣叫。张若翔敲开了尚未营业的浮流餐厅，想去罗耶尔那里蹭一顿早餐。

打开门的罗耶尔穿着拖鞋，衣服还有些凌乱，睡眼惺忪。

"嘿，罗耶尔。你不会刚起床吧。"

"是啊。昨晚满座，托你的福，我好久没这么累了。"

张若翔有些不好意思地说道："真是抱歉。但我想，你总归还是要吃早餐的吧。"

罗耶尔瞬间就明白了张若翔的来意，笑着说："来吧，进来坐。只是你要稍等一会儿。"

"非常感谢！"

等待期间，张若翔又走到了钢琴面前。他随意弹起了几首曾经在餐厅表演的曲子，一切都是那样行云流水，丝毫没有缺少训练的痕迹，甚至因为他心情的放松，音符比以前更有情感。

"若翔，我认为你比以前弹得更好了。"吃早餐时，罗耶尔说道。

"是吗？我已经几年没有系统训练过了，刚才的曲子是因为熟悉才没有出现破绽。"

"以前你的技术是很好，客人也很欣赏，但我总感觉缺点什么。昨天和今早听到你的琴声，我才觉得完整了。"

张若翔说："谢谢你的夸奖，也许以后我还会再借用你的场地。"

第七章　错位理想

"没问题,你来的时候提前跟我说。我得多备些菜,免得对客人招待不周。"

吃完一顿丰盛的早餐后,张若翔给昨晚找他的柳校长打去了电话。二人一见如故,相谈甚欢。张若翔答应对方,在他忙完手头的事后便去学校给孩子们演出。

西北故人

第八章　远房亲戚

夏楠走进办公室时，吴时雨正对着屏幕飞速敲击着键盘。吴时雨在业内的专业认真是出了名的，但凡提到她的名字，大家都会格外小心一些。昨天刚见到瘦了一圈的吴时雨时，夏楠本以为她会放缓工作的节奏，但今早看到她专注的神情，她才发觉吴时雨一点也没变。

"吴总，来得这么早。您吃过早餐了吗？"

吴时雨没有抬头看助理，仍盯着屏幕说道："吃过了。事情积压太多，我就早些来了。"

夏楠按照吴时雨的习惯，给她泡了一杯咖啡，轻轻放在桌边。"吴总，我就不打扰您了，有事您随时叫我。"

吴时雨抬头看了一眼夏楠，点点头说："好的，谢谢。"

周淑芬再次来到梧桐路。吴时雨出发去公司前，特意请周淑芬将母亲的房子再打扫一番，并找出一些照片和贴身物品带回来。

梧桐路是这座城市最早醒来的地方。当这座城市的其他区域还在沉睡的时候，梧桐路市场货车和三轮车的突突声率先划破了沉寂。天仍是蒙蒙亮的状态，蔬菜商和肉贩正张罗着自己的摊位，早餐店的人正在为第一单生意做准备。

第八章　远房亲戚

　　周淑芬来到梧桐路时正值早市的高峰时段。租住在附近的年轻人正在排队购买早餐，他们不时探着脑袋看师傅的进度，或是低头看看时间，只怕耽误了早上的打卡。菜场里人头攒动，老年人比较着各个摊位的菜，或是跟菜贩讨价还价。

　　周淑芬对梧桐路的一切都了然于心。从某种意义来说，李守芳的住处就是她的第二个家。多年来，两人相依为伴，互相照料。在这座偌大的城市里，两人都带着相同的西北印记，互相见证着彼此从青年到晚年的岁月。李守芳的突然离去，对于周淑芬来说同样是一场巨大的打击。只是，她还要顾及吴时雨，她必须坚强乐观地陪她面对所有的风暴。

　　周淑芬仔细打扫着屋里的每一个角落。她完全了解李守芳的生活习惯，也知道她房间里的所有陈设。前几天和吴时雨来到家里时，她有意藏起了一本相册。现在，她要把它找出来，亲手交给吴时雨。她拉开床下的抽屉，从堆积的陈年旧物中找出了一本小小的深蓝色相册。相册里全是在西北拍摄的照片，它记录了吴时雨的幼年和童年时光。其中一张照片被特别放在了最后一页，照片里是她和李守芳，以及一个年轻男子。

　　周淑芬记得，这张照片是一场雨后拍摄的。西北少雨，连日的干旱让大家在矿区的生活变得越发艰难。在连续一个月没有一滴雨的情况下，某天清晨狂风大作，几朵乌云迅速笼罩在了矿区上空。周淑芬见状，赶忙请来了自己的哥哥清理水窖准备蓄水。这场雨下得酣畅淋漓，大家都无比开心，纷纷出来盛水。也正是因为这一场雨，自己的哥哥周成蹊与李守芳拉近了距离，三人之间联系得更紧密。雨停后，三人拍下这张照片，纪念这场及时雨。

　　就在周淑芬翻看相册时，张若翔的电话打了进来。

"芬姨,早上好,你在哪儿呢?"

"我在梧桐路的家里,正在收拾屋子。"

"我可以过来吗?有些事情,想和你聊聊。"

"好的,你直接来守芳家里吧。我把地址发给你。"

张若翔很少来梧桐路。即便他知道李守芳就住在这儿,但考虑到吴时雨的成长经历,他总会自觉避开这段路。李守芳的家并不好找,张若翔问了好几位路人和保安才顺利到达。二十分钟后,张若翔敲开了李守芳家的门。

"芬姨,打扰了。我刚从江心岛过来。"

周淑芬一边开门一边说道:"快进来。昨晚你们谈得怎么样?"

"我向她坦白了一切。她似乎被我的坦诚触动了。但母亲去世的事情对她打击太大,她需要时间来消化和平复一些情绪。"

"我知道。她很着急回西北。前天晚上,我差点就把真相一股脑说给她听了。但我当时无法预估把真相说给她会有什么后果,所以也不敢再挑破了。或许让她自己慢慢去发现是个更好的选择。"

"芬姨,真相对她来说也许是一种安慰。和她在一起的几年里,我时常感觉到她在自卑和自傲之间拉扯。对于她的身世,她一直存在焦虑,她渴望了解,但又害怕知晓真相。"

"几个月前你来找我时,我本想让你缓缓地把事实告诉她。即使这几年她在感情上表现得云淡风轻,只是拼命工作,可你在她心中仍然是有分量的。只是,我没想到会发生这样的意外。"

"是啊。以前是我太傻,不懂得珍惜和经营感情。这几年,我一直在反思和沉淀自己,就盼望有朝一日还能挽回她。周一那天,本该是我和她见面的日子……"

第八章　远房亲戚

周淑芬叹了口气说道:"一切都是天意。我想她这次回老家,你最好能陪着她。老家的人事物牵扯太多、太复杂,我只怕她会承受不起。"

"她能接受我陪她回去吗?虽然昨晚我们的关系缓和了些,但我并没有把握她会同意这件事。"

"她姥姥并不知道你们分开的事。我想想办法说服她,总归,她还是要听我的一些劝。"

"我来找您也就是想让您给出出主意,究竟怎么做才能让她快乐一些呢?"

"心结不解,终归是没办法的。我们一起想想办法。"

这天上午,周淑芬和张若翔聊起了吴时雨许多的往事。二人之间似乎有一种天然的默契和类似的情感将他们紧紧联系在一起,他们完全敞开心扉、畅所欲言。

吴时雨的忙碌持续到了下午,甚至连午餐她都顾不得吃,还是夏楠把午餐给她送到办公室,她才快速扒拉两口。下午三点,夏楠再度敲开了吴时雨办公室的门。

"吴总,有人给您订了咖啡和鲜花。"

吴时雨抬头一看,夏楠手里正捧着一束包装精美的白玫瑰。她感到有些纳闷,很久没有人给她送花了,而且还是玫瑰花。

"是谁送来的?"

"我也不知道。但花束里面附赠了一张卡片,要不您看看?"

"好的,你放在桌上吧。"

夏楠放下玫瑰和咖啡,转身走出了办公室。吴时雨停下手中工作,拆开了一张精致的卡片,只见卡片上写着:爱在当下,快乐常伴。落款写着张若翔。吴时雨唇边浮起一抹微笑,但很快又消失了。她不动声色地将花束放回了原处,转头继续工作。

临近下班时刻,周淑芬打来电话告诉吴时雨一切都已经收拾妥当,晚上她会在家里准备好晚餐等她回来。此时吴时雨已将工作全部安排好,她告诉夏楠自己要半个月后才会回来,请她务必主持好公司相关事务,有任何问题随时联系自己。

离开公司后,吴时雨没有直接回家,而是绕道去了商场。她给周淑芬挑选了一些衣服和日常用品,还给远在西北的姥姥等亲人准备了礼物,又买了一个典雅大方的花瓶,这才拎着大包小包回到了家。

回到家时,周淑芬还在厨房里忙碌。一阵阵炖羊肉的香气传来,直接将吴时雨肚里的馋虫勾了出来。

吴时雨一边清点下午购物的成果,一边对周淑芬说道:"芬姨,今天又有大餐啊!"

周淑芬走到客厅,看见吴时雨正在整理购物袋,便问道:"大餐谈不上,只是给你补补身体。你买了些什么好东西?哎呀,这个花瓶好精致。"

吴时雨说:"我给姥姥他们挑了些礼物。天气变热了,给你买了几身衣服。之前家里的花瓶太旧了,我又选了个新的。"

说着,吴时雨拿出了给周淑芬买的衣服,往她身上比画了一下,然后很满意地点点头。

周淑芬笑着说:"你这孩子,一天工作那么忙,还操心给我买衣服。我是做服装生意的,怎么会少衣服呢?"

吴时雨说:"嗯,我知道你不缺。但这些衣服是礼物,是我的一番心意,你就收下吧。"

周淑芬说:"罢了,既然你已经费心挑选,那我还是收下吧。

第八章 远房亲戚

你收拾收拾,我们马上可以开餐了。"

吴时雨把给姥姥等人的礼物全部放到了书房,又往新买的花瓶里添了一些水,再仔细地将花束插好。晚餐过后,吴时雨和周淑芬坐在客厅里聊天。

"芬姨,公司那边都安排好了,我想后天就可以出发。"

"也好。你母亲的物品我都整理好了,一会儿咱们可以收拾行李。这一次,你打算去多久呢?"

"至少要停留一周,你知道的,我需要弄清一些事情。"

"我明白。这次回去,你打算一个人吗?"

"是。以往出差,我或许还可以带助理,但如今这种情况,我只能自己一个人面对了。"

"你有没有考虑过叫上张若翔呢?"

吴时雨停顿了几秒,她完全没有料到周淑芬会有这样的提议。

"为什么你会这么想?而且,张若翔不一定会愿意。"

"因为,他来找过我了。"

吴时雨感到更加惊愕,她想不明白,为什么张若翔会去找周淑芬。

"芬姨,他来找我,我可以理解。但为什么他会找上你呢?"

"孩子,其实他几个月前就来找过我了。你们结婚时,我还很开心。若翔是我家亲戚收养的孩子,自小就被父母寄予厚望。他心地善良,但有些偏执和怯懦,而你勇敢独立,恰好可以弥补他的不足。几年前,你们分手,他几乎跌落谷底,后来辗转开始经商。几个月前,他曾问我能不能试着把你找回来,如果他还是以前那副模样,我是断然不会同意的。可是,在江心岛时你也看到了,他和几年前已全然不同了。"

周淑芬的一番言语惊得吴时雨完全不知该说些什么。她原以为张若翔的出现只是他自己的主意，可没想到她无比信任的周淑芬也参与其中。她有些生气，感觉自己像是掉入了一个温柔的圈套。

吴时雨思考再三，然后说道："芬姨，自我和张若翔认识以来，我从来不知道他有你这一位亲戚。我不知道该怎么表达我的心情，也许你们并无恶意，可是这种感觉让我觉得像是被欺骗了。"

"我理解你的感受。如果你和若翔没有分手，我大概永远不会出现在你的生活中。只要看到你过得幸福，我就心满意足了。可是，这几年我眼看着你和你母亲的结一直解不开，和若翔的事你也没法真正翻篇，我心里特别难过。原本，若翔不应该如此突然地出现，但因为你母亲的意外，让一切都加速了。"

吴时雨淡淡地说道："曾经造成的伤害是永远无法抹去的，不管那人是有意还是无意。对母亲也好，对张若翔也好，有一种感受叫爱恨交织。母亲走了，我的爱恨似乎失去了任何意义，只剩下迷茫和困惑。至于张若翔，当下我也无法去界定我的感受。"

周淑芬看着吴时雨的眼睛说："孩子，路是会越走越明的。无论你现在的感受如何，有一点你可以确信的是，我们都爱着你。"

吴时雨有些动容，但她仍然不解周淑芬对自己的情感。即便她与母亲关系再好，也不必对自己付出如此多的关心。

"芬姨，其实有件事我一直弄不明白。为什么你一定要对我这么好？而我好像也对你有一种莫名的亲切感，这种信任甚至一度超出对我母亲的。"

周淑芬沉默良久，最后缓缓说道："因为，我是你的亲姑姑。"

第九章　童年故乡

出发前，一朵火红的木棉花恰好掉落在了吴时雨的车顶。

由秀丽的南方开向辽阔的西北是一段漫长的旅程。归心似箭的吴时雨几乎没有在路上停留。她和张若翔两人轮流上阵，只用两天时间就已抵达西北地界。从南国出发时正是湿热难耐的梅雨季，而故乡却干燥清爽，甚至带有一丝凉意。

这一路上，吴时雨很少说话，全然沉浸在自己的世界中。她要么目视前方专注开车，要么低头坐在后排处理工作。

"我们到靖川市境内了。"张若翔说。

在后排补眠的吴时雨睁开了眼睛。这一次，她看向了窗外层层叠叠的黄土高原。

"还是很快的。"吴时雨说。

两天前，吴时雨主动打电话给张若翔，请他陪自己一起送母亲回老家。张若翔不假思索地答应了，但他却没敢问突然邀约的理由。看着一路沉默不语的吴时雨，张若翔终于忍不住问道："你一直没有告诉我，为什么会同意让我陪你回家呢？"

"因为芬姨。"

"她给你说了什么？"

"出发前,她告诉了我许多事情的来龙去脉。我思考再三,觉得应该请你陪我一起回去。"

离家乡越近,吴时雨反而愈加不安。吴时雨整整有十年没有踏上过故乡的土地。上次来,还是和母亲回来参加姥爷的葬礼。进入靖川市后,吴时雨就一直注视着窗外。她看着远处连绵的山脉和间或出现的房屋和羊群,不禁想起了自己欢乐的童年。只是如今物是人非,一切都回不去了。

张若翔觉察到了吴时雨的变化。一路上,吴时雨都表现得十分冷静,但此时,张若翔分明从镜子里看见了她怅然若失的表情。张若翔切掉了舒缓的音乐,换了一首节奏更强的电子音乐。吴时雨显然被音乐吸引了注意力,随即说道:"你什么时候听电子乐了?"

"以前是不听的。但刚才,我用余光瞟到你在神游的时候,觉得听听也不错。"

"说实话,我的心情很复杂。这里有我最美好的记忆……我很久没回来了,再相见时还要带来这么残酷的消息。"

"就算十年没见过了,你们还是亲人。血浓于水,亲情是无法割断的。"

"一会儿我向家人介绍你的时候,还是按咱们原来的关系说吧,姥姥并不知道我现在的婚姻状况,我也不想让她在这个节骨眼上再担心了。"

"但凭吴总吩咐。"

车由城郊驶入市区,原本盘旋在荒山间的路渐渐变得平坦,一条笔直而宽阔的道路出现在两人面前。路上的车辆并不多,道路两旁栽种了槐树和柳树,环岛转盘里的玫瑰花正在怒放。

第九章　童年故乡

"和以前完全不同了。"吴时雨感叹道。

张若翔以前从没来过这座城市,习惯了都市车水马龙的他对于小城的分外安静还有些不习惯。他不由得说道:"城市好安静。"

"以前更安静呢!这周围有农田、果园和水库,我经常和朋友们骑车到这里玩。"吴时雨说道。

"如果是这样,那确实变化了不少。这条路周边还有一些居民楼,嗯,高楼也有嘛,只是不如我们密集。"张若翔说道。

"当地矿产资源早就枯竭了。这些年,我听到的消息是年轻人纷纷外出,整座城市的人口只剩下三十万,真没想到城市还在扩张。"

"不扩张怎么能有生命力呢?大家都守着原来的地方,改造起来也有困难,索性另辟一片地方,想怎么建就怎么建。"张若翔说道。

"不知道老城现在是怎样的面貌。"吴时雨说着,突然看到了不远处标志性的凤凰雕塑,她有些兴奋地说道:"你看,前面的凤凰雕塑是二十多年前就有的。"

"栽下梧桐树,引得凤凰来。"张若翔说道。

"就是这意思。我小时候听长辈说这里都是荒山,因为偶然发现了矿产,所以来自五湖四海的青年和专家们都来这里搞开发。那个年代的人都非常有闯劲,他们都说要努力改善这里的条件,吸引更多的人才过来。后来,一位来自上海的建筑师设计了这个凤凰雕塑作为城市地标。"吴时雨的话不自觉多了起来。

"看来我们口齿伶俐的吴总又回来了。"张若翔笑道。

过了凤凰雕塑,就意味着车辆驶入了老城区。相比现代而冷清的新城,老城几乎保留了 20 世纪的原貌。遗存的苏式建筑,老旧的电影院，尚未拆除的平房，时间仿佛在此凝固。吴时雨虽有十年没来过，但童年记忆似乎又跑回了她的脑海中。她到现在还能记得，姥姥常常叫她去大市场的第二家店铺买白糖和大饼，以至于那个白白胖胖的老板已经记住了她的模样；十岁那年，她在电影院旁的商店用攒了很久的钱买回了心爱的头绳，迫不及待地梳了一个新发型；还有那家老旧的电影院，她小时候最期待的事情就是妈妈带着她去看电影。

车子跟随导航缓缓驶入一片厂区，厂区大门口有些斑驳的广告牌用醒目的字体写着：新天集团欢迎您。道路两旁栽种着笔挺的杨树和茂密的槐树，看上去都有些年头了。槐树的枝叶几乎可以遮住大半个天空，阳光透过枝叶间的缝隙洒落，光影交错，甚是好看。

"想不到姥姥住在这里。"张若翔说道。

"住在这里有人情味，大家彼此都熟识了。我小时候，各家各户都不锁门。到了饭点，哪家的饭香我就跑到哪家去。"吴时雨说。

将近两公里的主道上，医院、学校、宾馆、饭店、公园一应俱全，而且都以该集团的名字命名，俨然一个独立的小社会。路边以中老年人居多，大家都十分悠闲，三三两两坐着小马扎，或谈天，或下棋，或打纸牌。

拐过一个学校，张若翔便驶入了居民区。前几排仍是未改造过的平房，中间则是刷过外立面的步梯房，后排不远处是正在施工的小高层工地。姥姥家就住在中间的步梯房。

吴时雨和张若翔到达时，舅舅李守长、大姨李守君和两个表弟表妹已经在楼下等待了。李守长一看到来自南方的车牌号便立

第九章　童年故乡

刻确认了吴时雨的身份——这个独立的社区甚少有外地人造访。

吴时雨从车里缓缓走下,看着这些与她血脉相通却有些陌生的亲人,她有些茫然不知所措。大姨李守君首先迎了过来。她身着藏蓝色外套和牛仔裤,留一头及肩的卷发,眉眼之间与母亲有几分神似。她的气质不似李守芳的锐利,而是如同这片社区一般平静和淡然。

李守君握着吴时雨的手说:"时雨,开这么久的车,路上辛苦了。"

也许是李守君的神情让吴时雨放松了些,她也很自然地回答道:"大姨,路上我和若翔换着开,不觉得累。"说完,吴时雨就向舅舅和大姨介绍了张若翔。

"好英俊的小伙子。"舅舅李守长赞叹道。

"舅舅过奖,我都是中年人了,哪还能说是小伙子呢。"张若翔说道。

"表姐好年轻,和十年前几乎一模一样。"表妹夸赞道。

吴时雨说:"哪里的事。大城市节奏快,我们都被催老了,不像你们安逸自在,还是和以前一样没有变。"

"时雨,路上辛苦了。你姥姥年纪大了,腿脚不太方便,我们就让她在家里等。"大姨李守君说道。

"是,你姥姥一大早就在家等着了。我们赶紧上去吧。"舅舅补充道。

吴时雨点了点头。她小心翼翼地从车里捧出深棕色的盒子,紧紧地护在胸前。楼梯间有些狭窄,只能容一个人通过,张若翔就跟在吴时雨身后。舅舅在前面引路,大姨和表弟表妹则跟在张若翔后面。今天阳光明媚,楼道虽然有些昏暗,但阳光却能透过

067

窗户照进来。吴时雨步速很慢,生怕盒子受到一点点颠簸。虽然姥姥家只住在三楼,但是众人却似乎走了很久。

姥姥打开了门。和童年记忆中高挑美丽又聪明能干的姥姥相比,眼前的老人似乎失去了往日的光彩。她的背有些佝偻,头发已经全白,皱纹深深地刻在她的额头和两颊,脸上还出现了许多褐色的斑点。

"妈,我带着妹妹、时雨还有若翔回来了。"李守长说道。

姥姥周佳妹没有理会儿子的话,而是急切地向他身后找寻着什么,终于,周佳妹的目光落在了吴时雨怀中的盒子上。吴时雨绕开舅舅,走到人群前面,低声唤了句:"姥姥。"

听到这一声呼唤,老人的眼泪止不住地流下来。周佳妹双手颤抖地接过吴时雨一路护送的盒子,又颤颤巍巍地把它放在了早已布置好的桌上。她一边抽泣,一边说道:"下苦的女娃,一辈子也没享什么福。你爸走得早也就算了,怎么你也这样狠心丢下妈妈了。"

听到这话,众人纷纷向前劝慰老人,唯有吴时雨痴痴地站在原地,一种莫名的酸楚和难受令她无法开口也不敢向前。张若翔轻轻揽住吴时雨的肩膀,在她耳边说了句:"没事,你不要自责。"

在众人的安慰下,周佳妹才止住了眼泪,但是她依旧沉浸在丧女的痛苦之中,对于跋山涉水来到身边的外孙女也无心招待。按照当地习俗,意外离去的人不宜设宴招待,所以仅有李家的亲戚聚在一起简单吃了顿饭。

夜幕降临,人们散去。吴时雨有些为难,姥姥并没有邀请她住在自家。舅舅和大姨家人口众多,也不好叨扰。张若翔把吴时雨单独叫到厨房,对她悄悄说:"来的时候我观察过,我们可以住

第九章　童年故乡

在厂区主干道的宾馆,离这里也不远,明天过来也很方便。"

吴时雨对张若翔的细心感到很意外,以前的张若翔只会沉浸在他自己的世界中。

"还是你仔细,就这么办吧。"吴时雨答道。

走出厨房,吴时雨对姥姥说道:"姥姥,今晚我们就不打扰您了。您忙活了一天,早点休息吧。明天我们再过来找您。"

"那间房,一直是留给你妈妈的。"周佳妹指了指里间向南的房子,"可惜她一直没回来。我听说她在南方过得不怎么好,一直盼她回来和我做伴。回到我身边,总还有兄弟姐妹互相关照,赛过一个人孤零零地在异乡。"姥姥长叹了口气,"可她总说女儿需要她。"

听完姥姥的话,吴时雨已经羞愧得无地自容。姥姥或许不是有意指责自己,但言语中白发人送黑发人的痛楚还是深深刺痛了吴时雨。

吴时雨低着头说:"姥姥,是我的错,我没有照顾好妈妈。"

"唉,现在说这些也没用了。我这个小女儿,一直就为她的孩子活着,从来也没考虑我这个母亲的心。"姥姥说道。

吴时雨的头埋得更深了,她完全不敢直视姥姥的眼睛。即便是低着头,她也能感受到老人的痛苦与无奈。母亲去世后,吴时雨似乎开始发现母亲的另一面。而这一面了解得越深刻,她的愧疚与不安就越深。多年的不解和逃避,对于自己成长的困惑,夹杂着母亲去世后的复杂情绪全都在这半个月内翻涌而出。

张若翔见吴时雨沉默不语,便说道:"妈这些年的确很不容易。我们本想着等事业再稳定一些了,就让妈回来照顾您,和您做伴。"

周佳妹摆摆手说道:"说这些都没用了。我今天累了,想早点休息。"

"好的姥姥,今天您辛苦了,我们明天上午再过来。"张若翔说罢,便拉着失落的吴时雨离开了。

夜间的故乡静谧而悠长,因为少有云层的遮挡且没有灯光的干扰,星星显得格外亮眼。张若翔见走出姥姥家的吴时雨仍旧心情低落,便指了指天空说道:"你看,这里的星空多美啊!"

吴时雨抬了抬头,叹了口气说道:"只有星空没有变过,和我童年记忆中的一模一样。"

第十章　故人往事

车子缓缓驶出居民区，神情落寞的吴时雨突然开口道："我是不是很对不起妈妈？"

张若翔从未见过如此失落和委屈的吴时雨，他的心也跟着一阵阵疼起来，便把车停在了路旁。

今天来到吴时雨姥姥家的情形也是他没有预料到的。他曾答应过周淑芬要照顾好吴时雨，但今天的他却显得有些无可奈何。张若翔把车窗降下，点燃了一支烟。在来的路上张若翔都很克制，除非是为了提神，否则他都在尽量避免吸烟。

张若翔猛吸了一口烟，然后说道："这世上本没有谁对不起谁，不都是你情我愿的吗？更何况，那是母爱。"

"可妈妈的离开确实是因为我。"

张若翔又吸了一口烟。他犹豫了一会儿，还是掐灭了。

张若翔继续说道："不是你，是意外。这世界上每天都在上演各种各样的意外，我们不是造物主，无法决定人的生老病死。我们能做的只有过好当下，珍惜和善待身边的人。"

"我觉得姥姥好像在责备我。自从妈妈离开后，你、芬姨和爸爸都在安慰我，我似乎也慢慢接受了母亲的离去是个意外。但是，今天姥姥的话语和行为让我觉得自己是个罪人。"吴时雨一边低头拨弄着自己的手指，一边说道。

"姥姥也是一位母亲。她很多年没有见到自己的孩子，再见面的时候却是这样的情景。她不是怪你，而是太伤心了。"张若翔解释道。

吴时雨仍旧没有抬头，她低声说道："唉，我都不知道明天该怎么去面对姥姥。说句实话，我都没有勇气踏进那栋楼。"

张若翔收起了自己烦躁的情绪，以温柔而坚定的语气说道："别怕，有我在呢。"

西北的夜晚有一丝丝凉意，吴时雨白天穿得有些单薄，此刻的她不知是因为失落还是冷，身体有些微微发抖。张若翔关上窗户，朝厂区的宾馆驶去。

这一夜，吴时雨辗转难眠。因为实在没法入睡，她索性披上衣服坐到了沙发上。她开始回忆和母亲相处的点点滴滴。童年时的母亲总是一脸宠溺地看着她，任凭她如何闯祸捣蛋，母亲永远也不会生气，而且总会替她收拾烂摊子。后来，自己跟随父母搬到南方。刚开始家里还很融洽，母亲一直协助父亲做生意，家里的物质条件也越来越好。但自从自己大病了一场后，父母之间的争吵就没有断过，到后来父亲更是常常不回家，只留她和母亲两人在家。她快上初中时，父母离婚，母亲带着她净身出户。为此，她没少遭受同学和老师的白眼，和父亲的关系也渐渐疏远，自己对母亲的不满也是从那个时候开始萌生。母亲离婚后过得很辛苦，她带着孩子租住在筒子楼里，每天早上天不亮就要去服装批发市场抢货。好在母亲很能吃苦，而且运气也还不错，她一路从城中村的小店把生意做到了核心商业区。只是吴时雨始终没法忍受别

第十章 故人往事

人的指指点点,于是高中考到了一所寄宿制学校,从母亲那里搬走了。从此以后,她对母亲的印象就只停留在每周一两次的见面。上大学后,吴时雨勤工俭学,再也没接受过父母任何一方的资助。每次母亲打来电话,她总是借口自己忙而匆匆挂断。结婚时,她和张若翔达成一致不举行婚礼,母亲送来的嫁妆也被她拒收了。再后来,自己离婚,更是把所有的心思放在工作上。

回想所有她能记起的细节,她发现自己对母亲真正的了解只停留在了初三那年。因为对母亲的不满,她把自己青春期所有不好的体验都归因于母亲,最后干脆拒绝和母亲有过多往来。她不曾体会母亲的心思,也没分析过母亲是否真如别人口中描述的那般不堪。

母亲走后,芬姨说出了自己的身世之谜。现在想来,或许因为自己的那场大病,父亲意外发现了自己真正的身份,既意外又愤怒。但毕竟是抚养多年的孩子,他不忍伤害孩子讲出真相,于是便以其他的理由和母亲离婚了。母亲并没有婚后行为不检点,那只是一个打发外人的理由。可母亲为什么要选择这样的方式欺骗父亲呢?吴时雨仍然有许多疑惑,尤其是关于母亲年轻时的往事。

吴时雨想得有些累了,她蜷缩在沙发的一角,怀里抱着一个柔软的方形抱枕,在半梦半醒中迎来了故乡早晨的第一缕阳光。

早上八点半,张若翔过来叫门。

吴时雨面容憔悴,眼睛布满红血丝。看着手里拿着咖啡的张若翔,她有些迷迷糊糊地问道:"厂区里还能买到咖啡吗?"

张若翔笑着说道:"即便这里的人都按 20 世纪 90 年代的方式生活,但庆幸 21 世纪的我们还有外卖。"

"是我傻了,我把过去和现在搞混。唉,我一晚都没睡着呢。"吴时雨说道。

张若翔说:"我预估到了,所以给你带了咖啡。时雨,快收拾一下,我们还得去姥姥家,别让家人们等我们。"

吴时雨走进洗漱间,看着面容憔悴的自己,她快速拿出了化妆包。二十分钟后,打扮停当的吴时雨和张若翔就出现在了姥姥家楼下。这一次,张若翔走在了前面。

"你们来得还挺早。"打开门后的姥姥说道。

"想着还有很多事情需要商量,所以就赶早些。"吴时雨说道。

"快进来吃碗长面吧。你舅舅和大姨他们都吃过了。"姥姥说。

吴时雨没想到昨晚还冷若冰霜的姥姥竟然准备了早餐,于是有些欣喜地说道:"好的。"

"长面是当地用来招待客人的特色食物。每逢红白喜事,主家就会摆起流水席,长面是必不可少的主食。"吴时雨跟张若翔解释道。

张若翔夸奖道:"姥姥的手艺很好,你看这臊子做得多好,无论是颜色搭配还是口感都是一流的。"

坐在一旁的舅舅也补充道:"那可不。你姥姥年轻时给多少支援咱们的专家做过饭,这些专家有国内大城市的,还有苏联的,谁不夸她手艺好呢?"

"这是真的,我小时候就是吃姥姥做的饭长大。有好多勘探队的叔叔都求着姥姥给开小灶。"吴时雨也说道。

原本面无表情的姥姥唇边闪过了一丝笑意,随后又淡淡地说道:"都是几十年前的事了。哪怕我手艺再好,想叫你们来吃顿饭还是不容易。"

第十章　故人往事

"妈,您这话说得就不对了。我们是怕您累着,不是不愿意来吃饭啊。"大姨李守君说道。

一家人边吃边聊,气氛较昨晚缓和了不少,吴时雨紧绷的心也稍稍放松了些。在讨论如何安放吴时雨的母亲时,舅舅和姥姥产生了分歧。舅舅说妹妹已经出嫁过,属于外姓人,不能安放在李家的祖坟,最好还是找一块风水好的公墓。而姥姥却说小女儿生前孤苦无依,走后应该和家人在一起团聚。吴时雨却牢牢记着芬姨在自家的那个雨夜,在讲完自己的身世之后的交代——一定将母亲带回故乡,和吴时雨的亲生父亲安葬在一起。这是母亲最后的,也是唯一的愿望。无论如何,自己要完成母亲的心愿。但此刻,吴时雨不好在家人面前说出母亲的想法,只好对大家说:"我们先不急,出发前我们请先生看了日子,要下月初一才适合下葬呢。"

午饭后,只剩吴时雨、张若翔还在姥姥家里。吴时雨想要单独和姥姥谈话,便借口把张若翔支了出去。

吴时雨给姥姥倒了一杯茶,然后说道:"姥姥,妈妈她还有一个心愿。"

"什么?"姥姥喝了口茶,然后问道。

吴时雨并不清楚姥姥是否知晓母亲的过往,只好小心翼翼地说道:"她想和我的亲生父亲葬在一起。"

姥姥思索了一会儿,然后无奈地说道:"情种,冤孽,随她去吧。"

"姥姥,您知道我的身世吗?"吴时雨追问道。

"唉……怎么会不知道。虽然你母亲没有和我说过,但她毕竟是我的孩子,她的事自然瞒不过我。"

"我的父亲,我是说我的亲生父亲,他是一个怎样的人呢?"

"我很难说他是一个怎样的人。也许在那个时代,他是英雄;但对于你和你妈来说,他并没有尽到责任。"

"芬姨说,父亲是因公殉职。那么,父亲具体是怎么走的呢?"

姥姥说:"他是勘探队的队长。有一次他带队出去,天气突变,本来还是大晴天,突然就把人冻得不行。而且西北的风你是知道的,跟刀子一样刮在脸上,更何况他们探出来的矿都在悬崖上,那就更加危险。队员都说让他那天不要去了,但为了及时完成国家下达的指标任务,他不顾队友和淑芬的劝阻,最后一个人上了。唉,总之,最后他坠崖了。"

吴时雨听到这,多年来积压在心中的委屈和愤怒似乎消散了一些。她并不是别人口中描述的野孩子,她的母亲独立坚强,独自在南方闯出了自己的事业;她的父亲热爱祖国、敬业奉献,响应国家号召来到西北支援,甚至可以称得上是一位英雄。

吴时雨继续问道:"我的父亲,他葬在哪里呢?"

"在矿区旁边的公墓,像你父亲一样牺牲的同志都葬在了那里,也算是一种纪念。不过现在矿产资源都枯竭了,周边都是废弃的矿坑,也没有工人在作业了。除了特定的日子,那边少有人去。"

"姥姥,您怪我吗?妈妈生前,我对她的误会很深,也没有好好尽孝。最后妈妈走了,还是在给我送饭的路上……"

"不怪你,都是命。昨天我太伤心,对你说的话有些过分了,但这种事情怎么能怪你呢?你也是可怜的娃娃,吃了不少苦。不过我看若翔还是很可靠的,你终究比你母亲幸运。"姥姥说道。

晚饭过后,张若翔和吴时雨在厂区的公园里散步。夜间的公

第十章 故人往事

园要比白天还热闹,年轻人在空旷的广场上玩滑板,老人聚在一起唱秦腔,公园步道上不时还有三三两两的人跑过。

张若翔看着放松了不少的吴时雨说道:"看来今天下午和姥姥谈得不错,都有心情来邀我散步了。"

"不算差,至少解开了我很多的疑惑。"

"虽然你下午把我支开了,但我还是想知道你们谈了什么。"张若翔继续说。

吴时雨没有直接回答,而是试探性地问道:"你对我的身世了解吗?"

张若翔停顿了两三秒后回答道:"不能说了解,但是我知道一些,而且是母亲走后从芬姨那里听到的。"

"芬姨怎么跟你说的?"吴时雨继续问道。

"她说吴叔叔并不是你的亲生父亲。当年吴叔叔知道真相后勃然大怒,但他是真心疼爱你,所以没舍得告诉你真相。"

"那有关我的亲生父亲呢?"吴时雨追问道。

"他也很爱你。"

"我指的当然不是这个。"

"他是芬姨的哥哥,也是吴叔的朋友,当年他们一起支援西北,但你的父亲不幸在一次勘探中牺牲了。"

"他们竟是朋友?"吴时雨有些惊讶,"怪不得爸爸会那么伤心,那么生气……而且芬姨和他见面时的那种气氛又熟悉又陌生。"

"他们都是一个院里长大的。从小玩到大的朋友,又是一起工作的伙伴,对彼此一定很了解。"二人一边说着,一边走到了公园的湖边。

吴时雨想起了在梧桐路看到的合照，母亲抱着她的背景正是这个湖。

"这个湖也有些年头了，我小时候就有，不过那时候还只有小小的一片池塘，现在都可以划船了。"

"几十年前，这里只怕连草都不长。能有一片池塘，实在不容易啊。"

"来这里的有不少南方人，没有树，没有水，常年对着光秃秃的荒山，心里肯定难受。这一方池塘多少可以抚慰他们的乡情。"

这晚周佳妹主动邀请吴时雨住在家里，二人并没有在外停留许久，只略微说了些话便分开了。

第十一章　307 号

夜晚的梧桐路弥漫着闲适自在的氛围。小吃摊占据了半壁江山，烟火在略微有些局促的街道升腾，三三两两的好友喝着啤酒吃着烧烤，似要将白天的疲劳和忙碌一扫而空。

与外面的热闹不同，周淑芬正在李守芳家里安静地准备着去西北的行李。出发的前两天，周淑芬和吴时雨进行了一次长谈。多年来，周淑芬一直以李守芳好友的身份出现，对吴时雨所有的关心也都是用芬姨的身份进行。如果不是好友突然离世，她大概会继续守着这个秘密，就像李守芳沉默了三十多年一样。一直以来，她们都默认吴时雨的身世是禁忌，坚持认为不告诉她秘密会更好。随着周淑芬和吴时雨的关系越来越亲近，她越发觉得隐藏只会让吴时雨焦虑和迷茫，真相才能解开她的心结。最终，周淑芬将自己的真实身份说给了吴时雨。

昨晚，吴时雨反常地没有给周淑芬打电话。张若翔给周淑芬发来消息，将姥姥的态度做了一番描述，收到信息的周淑芬立刻就决定：她要动身回西北。她给周佳妹打去了一通很长的电话。电话中，她先好好安慰了一番老人，又将吴时雨这些年的经历一一说给了老人听。周佳妹听后直感叹有其母必有其女，二人都不习惯替自己辩解,宁可默默承受着他人的批评与指责,也要拼命维护自己心中的秘密。

厂区家属楼下,和张若翔分别后的吴时雨正在楼下徘徊。昨天,情绪低落的她没有给周淑芬打去电话。今天姥姥的态度发生了变化,还邀请自己去家里住,她想趁着回家前给姑姑去个电话。

"芬姨,睡了吗?"

"还没有。你那边一切顺利吗?"

"昨天我太累了,没有跟你联系。目前看来,一切都还好。"

"嗯。若翔怎么样?司机还尽职吗?"

"他也很好,一路上帮我分担了不少事情。只是姥姥,唉,昨天似乎有些情绪失控。"

"白发人送黑发人,可以理解的。你不要太放在心上,多体谅她吧。"

"是。好在姥姥今天缓过来一些,不然我都不知道怎么面对她。"

"时雨,我把所有的真相都说给你,就是希望你能宽宽心。你是你母亲的希望所在,只有你过好了,她才能安心。"

"我懂。而且姥姥也知道我父亲的事。等我回来了,我再跟你细聊吧。"

"我后天就来了。你母亲最后一程,我还是应该在。"

"是吗?那好,到时候我来接你。有你陪着姥姥,她的心情也会好些吧。"

"但愿如此。时间不早了,你早些回去吧,我们明天再联系。"

"好的,晚安。"

吴时雨挂断了电话。听到周淑芬要来的消息,她心里又踏实了不少。姥姥家的灯还亮着，吴时雨走进家门时，周佳妹正在留给女儿的房间里铺床。吴时雨赶忙走进去帮忙。

这是吴时雨第一次走进姥姥为母亲准备的房间。房间并不大，但是整洁有序，看得出经常打扫的痕迹。床边的柜子上摆放着母亲年轻时的照片，这张照片和梧桐路房子里的一模一样，甚至，就连摆放的位置也差不多。

"姥姥，这照片在妈妈的房间里也有一张。"

"这是她离开西北前特意留下的。她说一定要让我好好保管。"

吴时雨突然想起了出发前周淑芬交给自己的相册。因为这几天一直在赶路，她也没仔细翻看过相册里的照片。

"姥姥，这是芬姨托我转交给你的。"

"这本相册她还留着，而且还保存得这么好。"

"有什么特殊的来历吗？"

"这是你满月时，周淑芬托她在南方的家人特别定制的。你看，这封面上的雨滴图案，不正是你的名字吗？只是，为什么她不让你留着，而是要交到我这里来呢？"

吴时雨这才恍然大悟，为什么周淑芬会如此珍视这个相册，临走时还特意用纸包了好几层。

"我也不懂。不如我们一起看看里面的照片吧。"

翻开相册，最先映入眼帘的就是吴时雨的婴儿照。照片中，吴时雨戴一顶小帽子，穿着带花边的裙子，款式看起来十分新颖。

周佳妹感叹道："这套衣服也是淑芬从外地寄过来的，当时可时髦了。"

"芬姨真的很用心。"

再往后，还有吴时雨的童年照以及与妈妈的合照。周佳妹一边看一边给吴时雨讲照片里的故事,吴时雨也听得十分认真,仿佛又将自己的童年时光重新体验了一遍。不知不觉中,祖孙俩内心的隔膜也渐渐消失了。

周佳妹说道:"好奇怪,这所有的照片都只有你和你母亲两个。我明明记得还有其他人跟你的合照啊。"

"也许被收到另一本相册里了。"

两人正说着,相册翻到了最后一页。

"这张照片里都没有我。这个是妈妈,这个是芬姨,那这个男的是谁?"

周佳妹仔细一看,这张照片正是在当年矿区的院子里拍摄的,照片里的男性正是周淑芬的哥哥。

"他就是你芬姨的哥哥,周成蹊。"

吴时雨内心又惊又喜,同时还有些不能确信:"也就是说,他是我亲生父亲?"

"是的,我想起来这张照片了。那一阵天气大旱,连着一两个月不下一滴雨,矿区工人生活艰难。有一天早上突然乌云密布,随即下了一场大雨,周家兄妹赶忙来帮你母亲清理水窖蓄水,雨停后三人就用矿上的相机拍了这张合照。"

吴时雨想到了自己的名字——时雨,原来母亲用自己的名字纪念了她的爱情。出发前,她一直想象着亲生父亲究竟是怎样的形象,也曾问过姑姑父亲的模样。直至看到照片里高高瘦瘦,穿着白衬衣,微微笑着的父亲,她才觉得父亲是真正存在于她的世界中。

吴时雨忍不住将照片单独取了出来,尽管她的成长照片也寄托了母亲的心意和爱,但此刻它们的价值远远抵不过这张有父母

第十一章 307号

合照的相片来得珍贵。

周佳妹突然说道:"这后面还有字。"

吴时雨将照片翻过来,只见后面用工整的字体写着:请去工农路档案馆,编号307。从字迹来看,确实是母亲写的,只是年代已经很久远了。

"姥姥,这是什么意思?工农路档案馆是什么地方?"

"那是我们厂里的档案馆,建厂以来所有的资料和档案都存在里面。原来你母亲的表姐就在档案馆里工作,307号也许就是你母亲存下的资料编号,我们可以打电话问问你表姨。"

第二天一早,周佳妹就给吴时雨的表姨打去了电话。电话里,对方隐约记得在吴时雨一家搬离西北时,李守芳去了一趟档案馆,但具体的细节因为时间久远已经记不清楚了。得知了这个消息后的吴时雨打电话给张若翔,请他立刻把自己接上去一趟档案馆。

上车后,张若翔照例递给吴时雨一杯咖啡,然后故作神秘地问道:"昨晚有什么新发现吗?一早上我们就得去档案馆探秘。"

"临走时芬姨托我把一本相册交给姥姥。那本相册是我满月时她送给妈妈的礼物,里面都是我幼儿和童年的照片。但奇怪的是最后一张照片是她和芬姨,还有我亲生父亲的合照,照片后面写着去工农路档案馆。"

"芬姨知道这回事吗?"

"对了,我光想着去档案馆,也没给芬姨打个电话问问是什么情况。既然相册是她给我的,兴许她明白其中的缘由呢?"

说完,吴时雨就给周淑芬打去了电话。

"芬姨,你行李都准备好了吗?"

"都收拾好了。我明天上午的飞机,下午就能见到你们了。"

"好，你把航班降落的时间发给我，我让张若翔去接你。对了，临走时你仔细包装过的相册我昨晚交给姥姥了。"

"你姥姥怎么说？她是不是给你讲了许多故事？"

"是啊，多亏了这本相册，我和姥姥的感情又近了一步，昨晚就像回到了小时候那样。"

"这也是我希望的。"

"对了芬姨，相册里面最后一张照片你看过吗？那是你和爸妈的合照。"

电话那头的周淑芬微微一笑，然后说道："看过，而且我手里也有一张。"

"可是这张照片后面写了字，让我们去工农路的档案馆。你知道是怎么回事吗？"

"知道一些。大概在几年前你和若翔分手的时候，她给我提到了这一本相册。她总说自己害了你，让你没法拥有一个健康美满的家庭。如果有朝一日她离开这个世界了，就请你看看这本相册，里面有她对你所有的爱。最后一张照片会解开你所有的迷惑。"

"为什么临走时你没有告诉我？"

"就算我不说，以你的聪明，你总会发现的。"

"那你知道档案馆里有什么吗？307号又是怎么回事呢？"

"档案馆的事情我并不了解。307号，当年我们来支援的编号就是307，也许和我们这群队员有关。"

导航的播报提示工农路档案馆即将到达，吴时雨便匆匆说道："芬姨，我很快就要到档案馆了，晚点我们再联系。"

档案馆建于20世纪90年代初，尽管历经二三十年的风雨，在周围一众斑驳居民楼的衬托下，仍然能看出当年建筑之精美。整座大楼足足有十层,外立面贴满了白色马赛克瓷砖,圆弧形的窗户在阳光下呈现一种透明的褐色。下车时,一个身着黑色连衣裙,戴着金属边眼镜的中年女性正在门口张望。吴时雨走了过去,对方看见吴时雨的样子,一下子就迎了过来。

"你是时雨吧?和你母亲长得一模一样。"

"是,你是表姨吗?"

"对。姑姑早上给我打电话了。表姐的事情,你不要太难过,既然回到老家了,就好好调整一下心情。"

吴时雨点了点头,继续向表姨介绍:"这位是我的先生,张若翔。"

张若翔和表姨握了握手,然后说道:"表姨好。"

"你好。若翔真是一表人才啊。"

"阿姨过奖了。今天麻烦你跑一趟。"

"这没什么的。我已经退休了,能为你们做点事也是好的。你们很久不来,只怕人家不给你们办事。有我这位老同志带带路,你们找起来也方便些。"

说罢,表姨便领着吴时雨和张若翔走进了大楼。大楼的地面仍是20世纪的水磨石地面,地面拼接的花纹颇为复杂,由于年头久了,地面渐渐褪去了光泽。

表姨带着他们首先走到了档案馆的办公室,一位三十来岁的男士立马站起来和表姨握了握手。

"李馆长好,欢迎您来指导工作。"

"王主任早。我都是退休的人了,哪里还能指导你们年轻人的工作?我那些经验知识,早就跟不上时代了。"

"快坐下,请先喝杯茶吧。"

表姨示意吴时雨和张若翔坐在沙发上。王主任熟练地给三人各倒了一杯茶。

"王主任，今天过来打扰你，实在是有事请你行个方便。"

"李馆长，哪里谈得上打扰呢？有什么指教，您直接跟我说就行。"

"我想找找 70 年代末 307 号队伍来援助的资料。"

"您说的是从南方来的那一队年轻人吗？"

"是的，还请您行个方便。这两位是其中一位援助队员的家属，特意从南方过来的。"

"没问题，我这就办。"

只见王主任用内部电话给相关负责人交代了几句，便笑意盈盈地对表姨说："因为年代久远，这些资料都放在楼上，不容易找出来。请跟我上楼，资料室那边已经对接好了。"

王主任领着三人按下了 9 楼电梯。老楼里的电梯缺少维修保养，运行起来甚至有些摇摇晃晃，灯光也是暗暗的。他有些不好意思地朝打扮入时的吴时雨和张若翔笑了笑："小地方经济不行，电梯很久没有更换了，但你们放心，安全还是有保障的。"

吴时雨赶忙说道："王主任说的哪里话呢？我们都是公司子弟，哪里分什么小地方。"

吴时雨一行三人被安排在了资料室外的办公区域等候。吴时雨从没觉得时间如此漫长，她千里迢迢从南方来到这座小城，只为等待 307 号背后的答案。

第十二章　档案馆

"王主任,终于找到了!"资料室里传来了一个兴奋的声音。

等待了近二十分钟的一群人纷纷站了起来。只见一个二十多岁的小姑娘抱着一堆厚厚的资料向他们走了过来。

"李馆长好,王主任好,让你们久等了。三十多年前的资料找起来实在有难度,不过幸好它们都完好无缺。"

王主任说:"既然找到了,那么小刘你就带馆长他们去查阅吧。我办公室还有些工作需要处理,李馆长,我先失陪了。"

表姨说:"耽误王主任工作了。你先去忙,一会儿中午一起吃个饭吧。正好这两位年轻的同志也可以和你聊聊过去的事情。"

王主任笑着说:"行呢行呢。来者是客,更何况是公司的家属,中午我请大家吃手抓羊肉。"

吴时雨说道:"不敢让王主任破费,谢谢您费心帮我们。"

几人寒暄完,小刘就领着几人来到了陈旧的阅览室。因为长久没有人使用这个房间,加上天气干燥多沙尘,桌面和椅子上已经积了一层薄薄的灰。吴时雨走进阅览室的时候忍不住咳嗽了几声。

看着久未打扫的房间,小刘满脸歉意地说道:"实在抱歉,房间很久不用了。本来按规定我们只能在阅览室翻阅资料的，但现在这种情况确实没地下脚。还是请你们跟我来我的办公室吧。"

表姨叹了口气说道："说到底还是经费不足。当年企业辉煌的时候，档案馆的设备设施都是最先进的，哪里还会愁打扫的问题。"

说罢，小刘又抱着资料回到了办公室。她从办公室的柜子里取出了一副手套，然后小心翼翼地打开了牛皮纸袋。

吴时雨问："这些都是307号的资料吗？"

"是的。你们是想查找哪方面的记录？或者是哪个具体的人？"

吴时雨想了想，然后说道："能不能帮我找一个叫周成蹊的人。"

"好的，我找找看。"

小刘轻轻地翻开资料的目录。目录上的字全用毛笔写成，记载的纸张已有些泛黄。只翻到第二页，她就发现了周成蹊的名字。

小刘一边找一边问："周成蹊是307的队长吗？"

吴时雨点点头说："没错，就是这个人。"

"稍等一下，资料里面记载，周成蹊还有一些东西被放在了单独的柜子里。"

表姨突然记起了十多年前李守芳找她的情形，然后说道："是了。守芳当年来找我，就是把一些307勘探队的重要资料移交给我，并嘱咐我放在了单独的柜子里。"

小刘将这一堆资料里关于周成蹊的部分交给了表姨："李馆长，这里有手套。你们先看这些，其他的资料我去楼上取。"

吴时雨迫不及待地戴上了手套，对于她而言，这些泛黄的纸张是父亲存在的最有力证明。

表姨看着吴时雨急切的样子，忍不住问道："时雨，周成蹊

第十二章 档案馆

是谁？"

吴时雨并不想让太多人知道母亲的过往，只好收住了自己兴奋的状态，淡淡地说道："他是我先生的舅舅。"

表姨不由得感慨道："原来若翔是英雄的家属啊。你放心，我一定让你们如愿。"

档案里有关周成蹊的记载很简略，只几分钟的时间吴时雨就已经翻看完毕。1952年2月10日，周成蹊出生于J省一个地质世家。1979年3月，来自J省的307队响应国家号召来到凤凰山支援，他们此行的重要任务就是探明稀有金属，并指导当地工作人员进行开采。1980年3月12日，在勘探任务中，队长周成蹊不畏艰险，主动承担了最难的探测环节。因天气突变，周成蹊不幸失足遇难，其余队员安全撤退。1980年5月1日，周成蹊葬于凤凰山公墓，并被追认为烈士。

尽管这些事实吴时雨已从散落的信息中拼凑完整，但看到这些确切的时间和地名时，她的内心仍然激荡着一种复杂的情感。对于别人来说，档案记载的是过往，是历史，是已经消逝在特定时空的人事物。而对于吴时雨来说，仅有的只言片语也是她身份的确定，是解开她疑惑和迷茫的钥匙。

坐在吴时雨旁边的张若翔看完档案也不由得感叹："上一辈的牺牲奉献精神我们真是难以望其项背。"

表姨也说道："的确，当初来支援的人要克服许多我们难以想象的困难。其实，这座城市也为祖国奉献了不少，尤其是大力发展工业的时候，只可惜现在慢慢落后了。"

吴时雨说道："是啊，对于生在这里又不得不离开的人来说，他们并不是不想回故乡，而是故乡已经回不去了。"

张若翔说:"我们可以常回来看看。或许,我们还可以考虑为家乡做点什么。"

吴时雨说:"比如说投资吗?"

张若翔说:"是,但我并不了解当地的情况。如果我们有能力,应该要反哺家乡。"

张若翔提出来的想法让吴时雨不禁眼前一亮。自母亲去世后,吴时雨一直沉浸在悲痛、自责和迷茫之中,对于未来的生活及工作更是毫无头绪。今天在档案馆看到了亲生父亲周成蹊的生平记载,她内心不由得升起一种钦佩和欣慰。虽然她并没有感受过亲生父亲的关爱,但她可以确定的是,父亲是一个平凡而伟大的人。作为他的女儿,她想把这种精神传承下去,反哺家乡或许正是一个不错的选择。

三人正讨论着勘探队的故事,一阵轻盈而快速的脚步声传来,小刘抱着一个长方形的盒子回到了办公室。

小刘说:"周队长其他的资料也找出来了。"

表姨说:"辛苦你了,小刘。"

小刘打开了编号为307的盒子。只见里面放着一本工作日志、勘探手绘图、工作照片和一个日记本。

小刘说:"看起来更像是私人物品呢。"

表姨说:"是啊。这些都是周队长本人的记录。我们最好还是让他的家属保管吧。"

小刘说:"馆长,我也认为该把这些物品交还给烈士的后人,但按照单位规定,我们最好还是申请一下。"

表姨说:"对的,我给王主任打个电话,请他帮忙办理吧。"

说完,表姨就立即给办公室打去了电话。王主任听到是烈士家属要取回私人物品，立刻答应打报告给相关部门。

挂掉电话，表姨仍然不是很放心，最后还是决定亲自下去交涉一番，于是对吴时雨说道："时雨，你俩就在这儿看，我下去找王主任聊一聊，争取今天就让你们把这些物品带走。"

"谢谢你，阿姨。"吴时雨和张若翔异口同声地说。

表姨走后，张若翔捧起了工作日志，吴时雨则翻看起了日记本。

张若翔翻开第一页就忍不住感叹道："舅舅的字好工整，就像印出来的一样。"

吴时雨沉默不语，因为日记本里的字迹和照片背后的一样——日记并不是周成蹼写的，而是李守芳。吴时雨迅速地合上了日记本，她几乎可以确定，这个本子里藏着母亲的秘密。

"我们先一起看看工作日志吧。"吴时雨说。

工作日志并不是完整的，只有某些重要的时刻才会被记录下来。

1979.03.06　307勘探队，一行二十人，顺利抵达凤凰山。

1979.03.15　接到总部通知，尽快适应当地生活环境，物资不足及时报告，务必在近期内完成第一次勘探任务。

1979.03.20　今日率队完成第一次勘探，队员：吴成刚，宋明志，周淑芬。

1979.04.17　天气恶劣，长久不下雨。地下水又咸又苦，生活饮水困难。

1979.04.25　天公作美，突降甘霖，矿区生活有望改善。

1979.04.28　完成第二次勘探任务，稀有金属探明储量十分可观。

1979.05.02　有同志报告看见了狼，我提醒大家提高警惕，尤其是晚上。

…………

吴时雨和张若翔看得十分认真，尤其是吴时雨，她不愿意错过任何一个细节。档案的记载终究是别人的目光，没有什么会比父亲自己的文字记录更能贴近他本人。工作日志只记录到了1979年10月，但这足以还原父亲工作时的形象。周成蹊的文字干练简洁，工作专业负责。记录里不单体现出他作为队长的责任和担当，同时又流露出他对队员的关怀。

张若翔说："舅舅对工作真的很执着。你工作时拼命的样子倒有几分像他。"

吴时雨说："我哪能和他比。对他而言，工作不仅是工作，而是事业和理想。他为理想和事业奉献自己，我只是在城市里安身立命而已。"

张若翔笑着说："吴总说话果然有深度，我还得向你多学习呢。"

"少来打趣我。我认真跟你说话，你倒来笑话我。"

"不敢不敢。只是你刚才的样子太严肃了，让我觉得像听报告。"

一旁工作的小刘听到二人的对话，也忍不住说了一句："你们夫妻俩真是般配。一个是公司子弟，一个是烈士后代。"

吴时雨有些不好意思地笑了笑，尽管这几天他们都对外宣称是夫妻，但吴时雨从心底里还只将张若翔当作一个老朋友。

第十二章 档案馆

临近中午,表姨提议大家一起去尕四饭店吃手抓羊肉,王主任和小刘也应邀一起参加。

开往饭店的路上,表姨说道:"若翔,尕四饭店的手抓羊肉可是老字号了,这家店开了整整二十年。我们这座城市也不过五十多年的历史啊。"

王主任也补充道:"是啊。我们这里物产不算丰富,但羊肉的品质绝对有保障。尕四家的手抓,真是一绝。一会儿,你们一定要好好尝一尝。"

张若翔说道:"早就听家人说起过这里的羊肉鲜美,今天终于有机会一饱口福了。"

吴时雨说:"小时候每逢过年,整个厂区都弥漫着羊肉的香味。"

尕四饭店虽是老字号,却是最近翻修过的。饭店共有三层楼,一楼招待临时吃饭的散客,二楼是专供预约留座的客人,三楼是包厢。吴时雨一行人来到了三楼包厢。

不等服务员拿过菜单,表姨已经率先开口道:"要凉拌沙葱、洋葱拌木耳、三斤手抓、一份黄焖、炒拉条、洋芋搅团、香菇油菜。王主任、小刘,你们看看还有什么补充的?"

王主任说:"李馆长是这里的熟客,点的菜自然是最好的。要不,我们问问两位远道而来的客人?"

吴时雨说道:"表姨已经点得很多了,只怕吃不完呢。"

王主任说:"三斤手抓、一份黄焖不算多,我们这儿人均要吃一斤呢。"

张若翔说:"我觉得也差不多了。"

小刘说:"那就先这样点吧,不够我们再加。"

服务员麻利地下单后,将带有葱花和蒜苗的碗摆放在各人面前,又提起一个壶依次往碗里倒入羊汤。

王主任对张若翔和吴时雨说道:"吃饭前先喝些羊汤。我们这里风沙大,一会会儿[1]就口干舌燥的。"

张若翔感叹道:"这羊汤一点也不膻啊!"

吴时雨说道:"这里的羊肉和其他地方不一样,本身就没什么膻味,只用最简单的烹饪方式就能成一桌美味。"

表姨说道:"可不是嘛。当年在矿上的工人,就等着一顿羊肉打牙祭呢。"

饭桌上,表姨和王主任聊起了这座城市的"黄金时代"。吴时雨和张若翔都听得十分入神,他们仿佛看到了火车一天十几趟进出凤凰山,将源源不断的矿产拉向远方。

说到动情处,王主任感叹道:"没有五湖四海来到这里支援的同志就没有当年的辉煌!"

"我们这座城市的精神是艰苦奋斗!"表姨说。

这顿午餐吃了很久。临到上班,几人才从尕四饭店走出。吴时雨一行人再度返回了档案馆,王主任亲手将周成蹊的私人物品交给了张若翔和吴时雨,并嘱咐他们好好保管。

出门前,王主任突然向吴时雨和张若翔问道:"明天你们有空吗?"

张若翔不明白王主任的用意,只好老实说道:"明天,我们打算去凤凰山。"

王主任说:"不介意的话,我们想组织一些厂里的同志和你们

---

[1] 一会会儿:方言,指不大一会儿。

一同前往,也算是对大家进行一次爱国主义教育。"

张若翔看向了吴时雨,原本他们是打算去凤凰山祭奠周成蹊的。

"好,明天我们一起去。"吴时雨说。

第十三章　日记寻踪

离开档案馆后,张若翔和吴时雨马不停蹄地往机场方向驶去。按照预计的时间,周淑芬还有一个小时就要落地。

快抵达目的地时,张若翔问道:"为什么你会同意让厂里的人跟我们一起去凤凰山?"

吴时雨认真地说:"首先,王主任给我们行了方便,我们不好拒绝他的要求;其次,芬姨也要去凤凰山,我想她应该很愿意看到厂里的人;最后,我认为父亲不仅是我的父亲,还应该是这片土地的守护者。"

"唉,看来我还是不太懂你。我总以为你觉得这是件很私密的事情,不好跟其他人分享。"

"今天以前我会这么认为,但是当我看到父亲的工作日志时,我又觉得个人情感在民族大义面前似乎显得很渺小。虽然我父亲在我的生命中并没有承担起父亲的角色,但对于凤凰山,对于这座城市,甚至对于矿业的发展来说意义重大。"

"时雨,我觉得你好像变了。"

"哪里变了?"

"你的眼神里有了光彩。"

第十三章　日记寻踪

"或许吧，我还有一个更大胆的想法。"

"什么？"

"今天你提到的，反哺家乡。虽然我算不得很成功，但我也想做些什么。"

"好。等我们这次合作完，我跟你一起，也不枉我是'烈士后人'。"

"明天你可得做好准备，只怕同去的人会叫你发言呢。"

"这比钢琴表演轻松。不需要预演，不需要练习，只需真情流露就好。"

吴时雨和张若翔到停车场的时候，周淑芬已经在等待了。周淑芬穿着深蓝色套裙，系一条棕咖色丝巾，脸上化着精致的妆容，完全不似在南方随意的打扮。

"芬姨，今天打扮得好漂亮。"

"我想着回到第二故乡，总得精神些。"

"走，快上车吧。我们一起去姥姥家。"

回去的路上，吴时雨把上午发生在档案馆的事情一一说给了周淑芬。对于明天要一起去凤凰山的决定，周淑芬也非常赞同，她说自己很思念当初一起工作的同事和地方。

当车辆驶入新城区时，周淑芬问道："这是原来的果园吗？"

吴时雨说："是的，芬姨，我刚来的时候也觉得很惊讶。"

"变化真大，到底还是我们老了。"

"但是老城区几乎和二十年前一模一样，你看，前面的凤凰雕塑还在。"

"唉，可是设计雕塑的人不在了。前几年，我们几个老朋友还说到设计雕塑的童工程师，想邀他一起故地重游，没承想他去年就患病走了。"

张若翔说道:"芬姨,你们支援的人有没有留下的呢?"

"原则上我们并不属于当地这个厂,按理说是要回去的。但支援的时间长了,有的人在当地成了家,也就慢慢留下了。"

车辆驶入老城区,周淑芬忍不住给两个孩子一一讲述每条街的来历,命名的依据,还有在这里发生过的趣事。

吴时雨说:"芬姨给我们当导游吧。虽然我在这儿出生,但我确实不如芬姨了解这座城市的历史。"

"只是因为你离开的时候还小,后来也没人再给你提起过这里的事情。"

进入厂区后,周淑芬的双眼一直注视着窗外的景色。看着自己曾经生活过的地方,她诧异于时间在这里似乎被调慢了,除了树比以前长得更高大,房屋的外墙被刷过,偶尔建起一两座高层建筑外,其他几乎与自己离开时无异。

仍旧是狭窄的楼梯间,吴时雨走在前面,周淑芬跟在她身后,张若翔走在最后面。

门缓缓打开,吴时雨亲切地打了个招呼:"姥姥。"

身后的周淑芬主动走上去,也跟着问候:"干妈,好久不见了。"

姥姥显然有些诧异,她并不知道周淑芬的到来,她定了定神,上下打量了一番,然后问道:"是淑芬吗?"

"是我,那个当年让您操了不少心的丫头。这些年,我一直没来看过您,希望您不要怪我才好。"周淑芬说道。

周佳妹又惊又喜,她急切地说道:"来也不打个招呼,时雨也没告诉我。快坐下让我看看,这些年你都在干些什么呢?"

第十三章　日记寻踪

"是我的错,是我想给您一个惊喜所以才没让时雨告诉您的。这些年我都在瞎忙,也没做出点什么,不好意思来见您。"

"我听丫头说你和她住在一起,你们姐妹还是像年轻时那样要好,整天形影不离的。你们的名字也配得好,合起来就是芬芳,多好的姐妹啊。只是没想到发生了这种意外……"周佳妹说。

"干妈,不要伤心,您还有我这个女儿。"周淑芬安慰道。

周淑芬的造访冲淡了吴时雨姥姥的丧女之痛,这对重逢的母女坐在一起聊了许久,她们时而聊到三十年前的往事,时而聊到南国的经历。吴时雨和张若翔坐在一旁静静地听着,心下感叹着这世上奇妙的相遇和缘分。

晚上,母女俩合伙上阵,做出了一大桌子菜。舅舅和大姨等人也都过来陪伴老人。席间,周淑芬不时给老人夹菜添饭,众人纷纷效仿。

"淑芬,时雨回去后还得让你多费心照顾。"周佳妹说。

"哪里轮得上我呢?现在时雨不缺人照顾了。若翔,你说是吗?"周淑芬笑着说。

张若翔有些不好意思地点了点头,然后说道:"是,我会尽力照顾好她。"

吴时雨立即补充道:"我也不是孩子啦,再怎么说,大家都还要叫我一声吴总嘛!以后该由我来照顾芬姨了。"

"还是和小时候一样。"姥姥说道。

饭后,周淑芬和吴时雨都宿在了姥姥家,待姥姥睡下,吴时雨才回到卧室偷偷将档案馆所藏的日记本拿了出来。

"芬姨,今天我没和任何人说,其实307号的资料里,还有母亲的一样物品。"

周淑芬感到很诧异,因为李守芳并没有和她提到过。

"是什么东西?"

"母亲的日记本。虽然名字是我父亲的,但字迹就是母亲的。至于内容,今天人太杂了,我还没来得及看。"

"你千万收好了。你母亲费尽心思藏了这么个物品,还放在档案馆特殊专柜里,别人轻易发现不了,自然是害怕大家知道的。"

"我想也是。芬姨,既然我拿到了,是不是可以看看内容呢?"

"想看你就看吧。虽然事情的真相你已经了解了,但根据你母亲给出的指引,应该是让你读她的日记。"

夜深时刻,整座城市都安静了下来,吴时雨独自坐在窗边的灯下,将从档案馆里带出来的日记本小心打开。和父亲的工作日志相同,日记开始的时间也是1979年3月6日。

1979.03.06

这个日记本是妈妈送给我的生日礼物,我一直舍不得启用。但今天是个很特别的日子,所以我要开始使用它。

几个月来,我们的勘探苦于没有任何实质性的进展,所以一直在给总部打报告,希望他们派人支援。上周,我们终于得到了总部的正式答复,他们从南方选了一批出生于地质世家的年轻人,这些人身体素质好而且经验丰富,相信大家齐心协力一定能够攻克难关。

今天一大早,我就和白主任去省城接应从南方过来支援的勘探队员。他们一行二十人,除了总联络员和主任一般年纪,其他都是年轻人。更令我欣喜的是,这二十人里面还有两个和我年纪相仿的女孩,一个叫周淑芬,还有一个叫吴灿华。主任把她们和我安排在一起，让我们彼此照应。勘探工作枯燥而艰辛，女生本就少，从此以后我有了两个可以说话的伙伴了。这两个女孩的哥哥分别是两个支队的队长，性格沉稳、话语不多的叫周成蹊，活泼好动、妙语连珠的叫吴成刚。

一路上，我们大家都谈得很开心。路上荒凉的风景非但没让他们失望，反而激起了他们极大的兴趣。他们一直在用专业知识分析不同的地质地貌，我从中学到了很多知识，也坚定了工作的信心。后半程，我开始给大家讲当地的风土人情，以及各种适应当地自然环境的"捷径"，把大家听得一愣一愣的。

到达目的地后，我们举行了一个简单的欢迎仪式。妈妈亲自主厨张罗了一大桌菜，大家都赞不绝口。我给两个女孩整理好了房间，彼此又聊了好半天。临睡时，周淑芬送了我一罐包装精美的雪花膏，她说这边风沙大，让我注意保护皮肤。

总之，今天是一个好的开始，我非常开心。

看完第一篇日记的吴时雨感到很温暖。周淑芬和母亲的相识如此之早，而且从一开始，周淑芬就在关心母亲。自己对她的天然亲切感，除却血脉相连的因素，还有她那天生的细致和热情。

1979.03.12

今天两个南方姑娘有些水土不服。我给她们找来了当地的土方子，看起来效果似乎很不错。

这边喝水一直是个问题。翻过冬，天上就没下过一滴雨，目前我们只能喝又苦又咸的地下水。我们当地人早已适应，可这些外地同志该怎么办呢？虽然他们早就做好了心理准备，但我心里还是很过意不去。他们是来支援的，我们应该尽力保障他们的生活。我打算联系近期去城里一趟，看看有没有办法拉过来一些水质好些的饮用水。

…………

只盼望快快下一场雨！

1979.04.12

我和新来的队员们已经熟识了，和两个同住的姑娘也处得很好。尤其是周淑芬，我们成了无话不谈的朋友。

妈妈心疼这两个姑娘，怕她们跟着大家每顿吃硬硬的面条和饼子消化不了，所以经常按照她们的口味和习惯做些米饭和炒菜。

之前从城里找来的水不多了。如果还不下雨的话，我近期又得去城里一趟，顺便买些大米和蔬菜。

…………

1979.04.25

早上一睁眼就感觉到风比平时要大。我走到院子外面，看到远处有大片的乌云，心里很激动，于是赶紧广播通知大家准备收集雨水。

我和母亲因为要负责大家的吃饭问题，所以要收集更多水。周淑芬的哥哥连早饭也顾不上吃，便主动过来帮忙。虽然他平时话不多，但干起活来十分利索，不一会儿就把好几个水窖给清理好了。

吃完早饭，雨就开始落了。大家纷纷带着干净的容器聚集到开阔处集水。我和周淑芬还有周成蹊一起，一边干活一边聊天。

第十三章 日记寻踪

我突然发现周成蹊是个很有魅力的人,他的学问很好,懂很多地方的风土人情,还会拉二胡,只是平时比较低调而已。他对待工作也很认真,常常深夜还在房间翻找资料,他说一定要克服困难完成任务。

这场雨下了近一个小时,大家都很欣喜。我也觉得很开心,但不只是因为这场及时雨,还有和周成蹊愉快的谈话……

看到这篇日记,吴时雨不觉嘴角微微上扬。照片也好,档案也好,父亲的形象只是他人眼中的勘探队长周成蹊。而透过母亲的描述,父亲另一面的形象才真正浮现,而这个形象是有情感流动的、生活中的周成蹊。

吴时雨看得很认真,她不愿错过任何细节。只是时间越往后,母亲的记录就越来越简略,有时甚至只有只言片语。

1979.07.24
今天和淑芬、成蹊去城里采购,大家还在饭店里吃了一顿羊肉。

1979.10.11
淑芬跟我说了成蹊的想法,我怎么会不知道呢?只是母亲似乎更中意另一个。

1979.11.08
斗争很艰难,但也不是毫无希望。淑芬也在鼓励我,追求自己心中所想。

1979. 12. 11
只愿君心似我心，定不负相思意。

1980. 03. 06
一周年。母亲又像去年一样做了一桌子好菜。借着酒意，吴成刚当众说出来他的心思，大家也纷纷起哄，我很是尴尬。我的这段隐恋，何时能公布于众？

1980. 03. 12
当初的 20 人已经不完整。我失去了此生最爱。有那么一瞬间，我也想就此终结。

最后一篇日记的时间是 1980 年 4 月。

1980. 04. 25
上天毕竟待我不薄，还是赐予我世上最珍贵的礼物。只是，我实在无力承受流言蜚语。还有英雄的名誉，不能因为这件事情毁掉……

第十四章　凤凰山

和档案馆约定的时间是上午十点。吴时雨起了个大早，还帮着姥姥做好了一家人的早餐。

离出发的时间还有一小时，吴时雨便拉着周淑芬步行去最近的市场采购。和大城市的人习惯去商场不同，这座小城的人更偏爱市场。市场里的品类不仅齐全，而且价格低廉，深得市民青睐。

在去往市场的路上，吴时雨问道："芬姨，昨晚我把日记全部看完了。有一点我想不明白，为什么我爸妈的感情不能公开呢？"

周淑芬皱了皱眉头，有些无奈地说道："时雨，怎么跟你说呢？你父亲，其实是逃到这里来的。他是我们家的独子，在来这里支援以前，家里给安排了一桩看似门当户对的亲事，大家都知道。但你父亲一点也不喜欢女方，和家里吵了很多次。正好，他得知了征集来西部支援的消息，于是就和我偷偷报名参加了。"

"原来是这样。那父亲和母亲相恋后，一定也为此和家里闹过吧？"

"当然。我父母一直不同意他们在一起，你母亲也很为难。但哥哥的心意很坚定，他说大不了就扎根在这里，不回南方了。"

"我父亲是个很倔强的人啊。"

"是，包括最后一次的意外。他认准的事情，无论如何也要达成，所以哪怕我们劝他不要冒险，他还是坚持上了。"

"那么我的爷爷奶奶呢？他们现在在哪里？"

"你父亲去世后，我爸妈就受了很大的打击，他们很后悔自己为你父亲强行安排亲事。母亲思念儿子，一病不起，前几年走了。父亲患了阿尔兹海默病，现在在养老院休养。"

"也就是说，我还能去看看爷爷对吗？爷爷知道我的存在吗？"

"是，你可以去看他。你的爷爷奶奶都知道你，只是他们不愿意打扰你的生活，这么多年都是叫我偷偷关注你。"

采购结束后，张若翔载着周淑芬和吴时雨去了档案馆，吴时雨的表姨李兰心已经在档案馆的大厅等候了。

表姨一见到周淑芬就兴奋地说道："是你啊，淑芬，好久不见。来这里也没跟我们说一声。"

周淑芬和表姨拥抱了一下，然后说道："兰心，我也是突然决定过来的，昨天才到。"

"正好，我们一起去凤凰山，还有几个老朋友一起，你都认识的。"

"昨天时雨跟我说了。好多年没回来了，一回来就能见到这么多朋友，我想我哥哥也会很欣慰吧。"

"除了我们这些老人，今天还有一些刚入职集团的年轻人参加，我们顺便也给大家讲讲我们当年的艰苦奋斗。"

十点整，一辆中巴载着二十来个人从老城区驶出，沿着废弃的铁路线深入凤凰山内部。走出老城，眼前呈现的便是毫无绿意的石头山。在阳光的直射下，银白色的石头闪着耀眼的光芒，呼呼的风声穿过戈壁滩，卷起一阵阵沙尘，使整个城郊都笼罩在黄

第十四章　凤凰山

色的迷蒙之中。

坐在前排的张若翔说道:"以前还真不知道戈壁滩是这样的。"

王主任说道:"吓着你了吧,当年许多南方人到这里来,心都凉了半截。我们当地流传着几句话:天上无飞鸟,地上不长草,有沟无水流,风刮石头跑。"

吴时雨说道:"矿上的条件就是这么艰难。即便是城里,也是这些年才改善了生态环境。以前住在老房子里,晚上听着呜呜的风声,总觉得像《聊斋》的片头曲。"

周淑芬说:"这还不算什么。我刚来的时候晚上都睡不着,房间里有蝎子爬进来,听男同志说还有狼。平时也吃不到什么蔬菜,都是饼子就咸菜,要不就是烤洋芋,连喝的水也是苦的。"

张若翔说:"芬姨,怎么以前从没听你说起过?"

周淑芬说:"没什么好说的,好汉不提当年勇。今天如果不是故地重游,又和老同志们在一起,我都快把这些事给忘了。"

李兰心补充道:"周家兄妹的勇敢是出了名的。每次最难最险的任务他们都抢着去,哥哥勘探,妹妹记录,大家都对他们赞不绝口呢。"

周淑芬说:"兰心过奖了。当年我还是个懵懵懂懂的小姑娘,也没什么主见,初生牛犊不怕虎,哥哥去哪儿我就去哪儿。"

众人你一言,我一语,车子沿着狭窄的山路一直盘旋向上,不知不觉中窗外的景色就发生了变化。地势逐渐变得平缓,道路两旁长出了野草,原本以灰白色为主的石头变成了红褐色,偶尔还会散落一些深绿色的石块。

王主任站起来说:"我们快到红顶生活区了,大家准备下车。"

红顶生活区位于凤凰山西侧的一块缓坡,离作业的矿区只有一公里远。生活区的两侧是职工宿舍，红色的砖房被喷上了各式各样的墙绘，虽已废弃不用，但依稀可见当年的辉煌。生活区正中心的一幢四层楼建筑是工人俱乐部，红色的招牌下用油漆写着当年鼓励生产的标语，由于风吹日晒只剩下"革产促作战"几个字。俱乐部里有棋牌室、洗浴中心、歌舞厅、录像厅，甚至还有一个溜冰场。

"工人们的娱乐生活真丰富，丝毫不比城里差。"一个年轻人感叹道。

"工人在荒山间创造了一个奇迹！"王主任说。

走进俱乐部内部，一群麻雀迅速飞了出去。几乎所有的物品都已搬空，只有一个曾经使用过的皮沙发被随意遗弃在了角落，泛黄的海绵从黑色皮革的缝隙中漏了出来。

走在吴时雨旁边的张若翔说道："想不到这么偏僻的地方还别有洞天。"

吴时雨说："你可别小看了这里，当年辉煌的时候有多少工人住在这儿。而且大家都是从五湖四海来这里的，消息也很灵通，外面时兴什么，这里也不会落下。"

周淑芬说道："可不是嘛。当年我父母老是给我寄来各种港台音乐的磁带，每次我在房间一放歌曲，大家就都跑过来听。而且到了周末，去不了别处的矿工就都会聚集在工人俱乐部里。"

参观完红顶生活区，王主任召集大家上车，他们要前往工人的作业区——红顶矿坑。临下车时，王主任给每个人都发放了口罩。

"请大家一定要戴好口罩，虽然这个矿坑已经废弃不用，但矿坑里释放的气体仍具有刺激性。"王主任说。

第十四章　凤凰山

李兰心对大家说道:"现在,我们正处在凤凰山的最高处,前方就是我们集团曾经作业过的矿坑。"

只见前方一个有几百米深的巨坑呈现在众人眼前,沿着坡道开辟的蜿蜒曲折的小路,一直可通向坑底的池塘。坑底的池塘常年吸收矿坑里散发的气体,水已经变成墨绿色。

看着眼前的壮观场景,一位年轻人问道:"听说这个矿坑是炸出来的,王主任,你能给我们讲讲具体的情况吗?"

王主任说:"你说得很对。20世纪50年代末,我们国家联合苏联专家来到凤凰山勘探,发现这里矿藏异常丰富。当时国家工业生产急需大量矿产,于是经由国家相关部门批准,决定在这里爆破开采。"

张若翔说道:"真的难以想象,我们直接炸开了一座荒山。"

吴时雨说:"是啊。我第一次来这里的时候,矿坑的道上都是运矿石的小车,几乎每个洞口都有工人进出。但是我妈不准我在这里长待,说空气不好。"

王主任说:"相较于当年的工作环境,现在不知好了多少倍。只可惜凤凰山矿产资源已经枯竭了,我们不得不转向别处开采。"

李兰心说:"是,站在这里,我们的确需要学习前辈的奋斗精神。但更重要的是,我们得思考出路。"

吴时雨若有所思地点了点头,昨天冒出的大胆想法似乎又加深了一些。

短暂的拍照合影后,王主任说道:"现在,请大家上车,我们要去往凤凰山公墓,悼念为地质事业奉献生命的前辈英烈。"

吴时雨的心跳不自觉地加快了。这些天她日思夜想的人,在脑海里想象了无数次的地方,还有她内心涌动着的复杂情感,都将在接下来要去的地方交汇。

张若翔看到了吴时雨细微的变化,悄悄在她耳边说:"放松点,就当一次寻常的活动。"

王主任在车上简略地介绍了凤凰山公墓的历史,又将张若翔的情况向大家做了一番说明。车子向南边开了四五公里,翻过了一座小小的山头,最后停在了公墓前。公墓并不大,只占据了小小的一片山坡,但是周边却栽种了一些树,看起来已经有一些年岁了,这些绿意给荒山带来了一丝灵动和生机。公墓最高处有一座铜制雕塑,雕塑是两个戴着安全帽、穿着工装的工人共同托举着一块矿石,碑文写着:献给凤凰山的开拓者。王主任带领集团员工在雕塑前献上鲜花,接着念诵了自己亲手写的悼词,最后集体默哀三分钟。

参与完集体活动,吴时雨、张若翔和周淑芬单独留了下来。看着眼前整齐排列的十几块墓碑,吴时雨并不知道哪一块是父亲的。以前的她根本没有来过,也从来不知道有这样一个地方。

在经历过刚才的热烈讨论后,周淑芬似乎在这里回归了平静,她温柔地看向吴时雨并说道:"时雨,我们去找你父亲吧。"

吴时雨没有说话,只是默默跟在了周淑芬身后。临近中午,阳光比早上更加热烈,空气也变得愈加干燥。脚下的石头路崎岖不平,吴时雨紧紧护着早上购买的鲜花,鲜花是她亲自挑选搭配的。这是她盼望了很久的时刻,尽管这种相见充满了悲剧色彩。

张若翔走在吴时雨身后,手里提着水果和食品,目光却一直注视着前面那瘦弱而坚强的女子。以前,他没顾念过吴时雨的心情,等到失去后方才觉得眼前人的珍贵。经过这段日子的陪伴,他更加坚定了守护的心。父辈人的错过如果是天意,那么他与吴

第十四章 凤凰山

时雨的重聚是否也是一种命运的安排?

周淑芬走到一棵翠绿的松树旁,树荫下的墓碑清晰地刻着"周成蹊"三个字。周淑芬清理了附近的杂草,又从包里拿出一块特别的手帕将墓碑擦拭了一番,这才示意吴时雨将鲜花放在墓碑前。

"哥,时雨来看你了。"周淑芬轻声说。

吴时雨跪在墓碑前,声音有些沙哑:"爸,我来迟了。"

张若翔默默地摆上了水果和祭祀食品,又深深鞠了一躬,便主动拉着周淑芬走到了远一些的地方。他相信,此刻吴时雨有很多话想跟父亲说,自己能做的就是在远处等着她。

自从知道自己的身世后,吴时雨一直在拼凑从各处得到的消息,为的是还原出父亲的形象。可是等她真正来到父亲的墓前,她反而变得很平静。多年的爱恨情仇,成长的辛酸苦乐,似乎都在凤凰山上烟消云散。她看到了母亲的隐忍与付出,也感受到父亲对事业和爱情的热忱与坚持,更明白了在命运的洪流之下,个体的无力。此刻,她唯一能做的,就是带着父母的爱和希望好好生活下去。

吴时雨朝周淑芬和张若翔招了招手。等到三人再度齐聚在周成蹊墓前,吴时雨才开口道:"姑姑,若翔,谢谢你们陪伴在我身边。一直以来,我好像都是一个比较孤独的人,更不懂什么是爱。"

周淑芬说:"傻孩子,你何必说谢呢?其实我们都很爱你,尤其是你的母亲。"

张若翔说:"不懂爱的其实是我。但庆幸的是,我还有机会重新学习。"

正午，车辆驶离了凤凰山。车后扬起的尘土缓缓落入山间，一切复归平静，恰似那些发生在凤凰山上的往事，渐渐湮没在了时空的长河之中。

第十五章　落叶归根

　　在返回老城的路上，王主任代表集团送给张若翔、周淑芬和吴时雨各一枚纪念章，以表彰和感谢他们及家人为当地事业做出的贡献。纪念章全用当地出产的金属制成，正面刻有凤凰山爆破时升腾起的蘑菇云，背面则是两位身着工装、一手拿着地质锤、一手握着管子钳的年轻地质工作者。

　　李兰心说："这是我们集团成立五十周年时特别定制的，材质主要是铜，同时掺杂了当地的一些稀有金属。"

　　周淑芬接过装在盒子里闪闪发亮的纪念章，仔细打量了好半天，307队同志们并肩奋斗的岁月又浮现在了眼前。

　　周淑芬说："受之有愧。我是半途而废的人，并没为集团做太多事情。"

　　"就冲你们当年不怕苦不怕累，义无反顾报名支援西部的勇气，也能配得上这一枚纪念章。"王主任说。

　　张若翔说："这枚纪念章不仅是表彰，更是一种激励。想到我们父辈的家国情怀和艰苦奋斗精神，无论我们身处何处，都应该将它传承下去。"

　　吴时雨捧着纪念章，只觉眼前这份礼物无比珍贵。它是父母青年时光的见证,也是自己童年美好记忆的承载。吴时雨说:"我是公司子弟,从小在矿区长大,凤凰山是我的根。虽然大城市熙熙攘攘,但我时常听不到自己内心的声音。这次回到家乡,我才有了心安的感觉。"

"走得再远,也别忘了回家的路。虽然我们是资源枯竭型城市,但坚守在这里的人从未放弃过它。"李兰心说道。

进入老城区,车辆并没往档案馆的方向开去,而是转向了公司办公片区。

"一会儿下车后,请大家一起去集团餐厅吃饭,我们邀请了307队支援时红顶矿区的苏厂长。"王主任说道。

吴时雨难以置信地问道:"就是那个精通诗词、会拉手风琴,总爱和大家开玩笑的苏爷爷吗?"

"是的,时雨,你还记得他?"表姨李兰心回答道。

吴时雨兴奋地说道:"怎么会不记得?苏爷爷是我小时候的启蒙老师,他教我诗词、带我去山上抓野鸡,还亲自拉琴教我唱歌。我一直很想念他,只是后来听说他被家人接到外省去了,就再也没机会见到他。"

周淑芬也说道:"我也很多年没见到过苏厂长了。当年,他对我们这群年轻人非常关照,不仅亲自指导我们的工作,还一直想办法调配物资改善我们的生活。"

李兰心说道:"苏方明厂长是去年底才回来的。前几年他被家人接到外地去养老,但他始终适应不了大城市生活,一直思念家乡。所以家人尊重他的意愿,让他回到工作了大半辈子的地方安养晚年。"

王主任补充道:"苏厂长回来后成为集团老年协会的会长。他

第十五章 落叶归根

经常在集团公园里面组织老人弹琴唱歌,最近还在想办法组一个老年乐队呢。"

周淑芬说:"我真羡慕苏厂长。如果不是还负担着那么些员工的生活,我也想像苏厂长一样回到这里来。"

张若翔说:"芬姨,如果您真想回来,我和时雨可以帮您打理生意。"

吴时雨想到了自己的母亲,如果没有发生意外,如果她与自己不存在如此多的误会,那么她就可以在厂区过着宁静而闲适的生活。如今,周淑芬既然有了这样的想法,那么吴时雨不希望自己的姑姑也留下如同母亲一样的遗憾。

吴时雨看着周淑芬说:"芬姨,我们希望您能按照自己的意愿开心生活。"

看着吴时雨真挚的眼神,周淑芬又想起了老友的嘱托,如今吴时雨尚未稳定,自己还不能离开南方。

"我才五十多,还不到退休的时候。再等两年,再等两年,我就回到这里和我的姐妹们和干妈团聚。"

在大家的热烈讨论中,车辆驶向了老城南边的集团片区。只见一栋银灰色的三层大楼矗立在一众白色马赛克瓷砖的 20 世纪办公楼之中,金色的"集团餐厅"四字格外醒目。

"果然是民以食为天啊。其他的建筑都和我们离开时一样,只有餐厅翻新了。"周淑芬说。

"集团大楼翻修成本高,不过我们也已经提上日程了。"王主任说。

集团餐厅内部宽敞明亮,木质的餐桌和座椅被整齐排列在大厅,窗边还摆放了一些绿萝盆栽和发财树。乘扶梯到二楼,王主任带着大家走进了一个名为"四坝"的包厢。

张若翔问:"四坝是什么地方?"

王主任解释道:"四坝是原来这座城市的地名。当时凤凰山的矿产资源还没有被发现,这里仅仅是个只有五六户居民的小村子。建市后人口最多的时候能有五十万人呢!"

众人走进房间,只见一个身着灰色中山装的老人站了起来。他身量中等,腰板却挺得笔直,头发虽已花白,但双目却炯炯有神。

李兰心最先迎了上去:"苏厂长好!我们刚从凤凰山回来,您久等了。这位是周淑芬,当年307队的成员之一;还有这两位年轻人,一个是吴时雨,一个是307队周队长的外甥,叫张若翔。他们都是从南方特意过来的。"

苏方明环顾几位远方来客,然后说道:"我都记得。周淑芬,当年是个拼命的小姑娘,喝了苦水闹肚子还是要坚持上任务。时雨也回来了?小姑娘长大了,不知道歌是不是还唱得那么好?真好,见到大家真好。"

周淑芬握着苏方明的手说:"苏厂长,很多年没见到您了,您还是和年轻时一样精神饱满。"

吴时雨也凑上前说:"苏爷爷,这次回来没想到还能见到您。刚才在车上听王主任说这个消息时,我都高兴得快跳起来了。"

王主任笑着说:"要不咱们先坐下,边吃边聊?很多年不见了,大家肯定有好多话要说。"

苏方明点点头说:"是啊,大家上午辛苦了,快请坐下吧。"

入座后,苏方明看着吴时雨身旁的张若翔说道:"若翔你好,你是成蹊什么人?从南方来一趟不容易啊。"

第十五章 落叶归根

张若翔说:"苏厂长您好。周队长是我舅舅,我这次是专程和芬姨、时雨回来探亲的。"

苏方明说:"我听说了。你看,多好的缘分啊。时雨是我看着长大的,她母亲和淑芬情同姐妹,你又是周队长的侄儿。矿区子弟良缘,佳偶天成。"

张若翔看了看吴时雨,又看向苏厂长,然后说道:"您说得是,确实是难得的缘分。"

周淑芬说:"苏厂长,若翔应该会和您聊得来。他可是我们家里唯一的音乐家呢。"

苏方明说:"是吗?看来小伙子不仅长得一表人才,才华也不容小觑啊。"

张若翔说:"哪里哪里,我只是学了几年钢琴,算不得音乐家。我听说苏厂长的手风琴拉得可好了,最近还在组建一支乐队。"

苏方明说:"退休了,终于有时间可以折腾些自己喜欢的事情。当年矿区生活单调枯燥,我就跟着来支援的苏联专家学了手风琴。"

吴时雨惊讶地说:"怪不得您不止琴拉得好,俄语也说得那么好。"

席间,苏方明说起了这座城市更早的历史。凤凰山矿坑爆破时,他正是见证者之一。可以说,苏方明见证了这片不毛之地,如何被一砖一瓦地建设成繁华城市,又是如何一步步走到今天的。

"苏厂长就是咱们厂的活历史。"一位年轻人说道。

苏方明说:"我爱这个奉献了一生的地方,所以我坚持要回来,要在这里落叶归根。"

吴时雨看着精神矍铄的苏方明，听他讲着艰苦却动人的往事，不觉想起了自己的父亲。如果父亲没有出意外，如果他真的和母亲在西北扎根了，他大概也会像苏厂长一样为热爱的事业奋斗一生，退休后加入苏厂长的乐队吧。宴席尾声，在李兰心等人的热情邀请下，苏方明还用俄语唱起了苏联歌曲。

从集团餐厅分别后，吴时雨和周淑芬、张若翔回到了姥姥家。距离下月初一只剩三天，他们需要商量李守芳下葬的事宜。吴时雨主张低调安葬，不要惊动太多人；而周佳妹认为自己女儿一生漂泊受苦，应当办得体面些；周淑芬说吴时雨已经在南方办过告别仪式，这次回来是为了让李守芳入土为安，因此只请几个亲近的人参加便可。最后，在吴时雨舅舅等人的支持下，大家最终同意了周淑芬的建议。

六月初一，李守芳下葬的日子。前一晚，吴时雨特意从箱子里取出一套从南方家里带来的黑色西装，又亲手将它熨烫平整，挂在了母亲房间的衣柜里。这套衣服是她刚开公司时母亲特别为她挑选的礼物，但她却几乎没有穿过。临行时，她想起了母亲送给她的这份礼物，决定在母亲下葬的那天穿上它。

当太阳还未露脸、天色仍是蒙蒙亮的时候，车队就从集团生活区出发了。晨间的凤凰山比白天多了几分温柔，弯弯的月亮还半悬在天边，白天大片银白色和黄色的主色调被柔和的光线调成了灰蓝色，连带着沟壑纵横的山形轮廓也变得模糊了起来。山间的空气比白天更加湿润，夜间凛冽的风停止了呼啸，偶尔还能听见野鸡飞过的声音。

车队在山间盘旋，吴时雨坐在张若翔旁边，神色平静。比起上次来到凤凰山的兴奋和紧张，吴时雨这次多了几分释然。也许

第十五章　落叶归根

是有了亲人的陪伴,也许是所有的困惑都得到了答案,又或许是听闻了父辈和祖辈的故事。总之,吴时雨只是觉得自己在完成一件既定的事情,而且她会完成得很圆满。

　　从上个月在会议室里突然接到周淑芬打来的电话,到今天去往凤凰山送母亲最后一程,时间已经过去了整整一个月。这一个月的时光里,吴时雨似乎将她前半生重新活了一遍。她回到了故乡,见到了家人,童年快乐的往事在这里浮现;她去了梧桐路,柳絮仍在飞舞,少女时期的创伤将她攫住;她去了江心岛,大胡子主厨照例送上她爱的食物,甜蜜而忧伤的婚姻时光似又在眼前;最后,她又随大家来到了凤凰山,见证了父母最后的归处。

　　下车后,按当地习俗,所有女眷都不能动土。吴时雨静静地站在一旁,眺望着远方的天际——太阳快要升起了。月亮的影子越来越淡,天边已经出现了浅浅的粉色。只消一会儿,一束亮光划破天际,冉冉升起的太阳给远处连绵的山披上了一层金色。

　　新的一天到来了。吴时雨破例亲手盖上了最后一抔黄土,她亲手将母亲送回到了日思夜想的故土和爱人身旁。站在一旁的周佳妹已经泣不成声。原本白发人不宜送黑发人上山,可周佳妹却以自己没见到女儿最后一面为由,坚持要求跟着家人一起送葬。周淑芬扶着颤颤巍巍的老人,软声劝慰道:"干妈,我们出发之前说好的,不能这么伤心。我们这样哭丧着,姐姐怎么能走得安心呢?"

　　舅舅李守长也说道:"妈,我早就说让您不要来的。来了之后您又在这里哭,这叫我们如何是好呢?"

　　吴时雨将浮土清理完毕,在母亲的墓前放上了一束鲜花,然后转身对姥姥说道:"姥姥,妈妈的心愿达成了,我们应该为她感到高兴。"

在大家的劝说之下，周佳妹方才收住了眼泪，一步深一步浅地走到了女儿的坟前。周佳妹轻抚着李守芳的墓碑说道："芳芳，你好好去吧。从今以后你就不孤独了。"

周淑芬也上前说道："姐姐，你放心吧。时雨会过得很好，我们都会越来越好。"

烟雾从黄土地上升起，爆竹声回荡在山间，送葬的车辆依次驶出了凤凰山公墓。吴时雨坐在姑姑和姥姥中间，分别握着她们的手。她们三人都没有说话，但她们深知，彼此的心意是相通的。

第十六章　新生

　　三天后，吴时雨在张若翔的陪伴下再次来到了凤凰山。依照西北习俗，子女在父母下葬三天后要再到坟上添土和烧纸，名为"攒三"。

　　到了即将返回南方的时刻，周佳妹对周淑芬和吴时雨等人恋恋不舍，反复叮咛他们要照顾好自己，又将家乡的粉条、花茶、中药材等特产装了好几大袋放在车上。

　　"姥姥，你的心意都快满出后备厢了。"吴时雨一边整理着车上的行李，一边和周佳妹说道。

　　周佳妹说："看你都瘦成竿了，我还想多留你两天补补身体。难得回来一次，也不多待上几天。我们这里的牛羊肉滋补，你吃上一个月，回去保管你身强力壮。"

　　站在一旁的周淑芬对老人说："干妈，您就放心把时雨交给我吧。我的厨艺是您亲自教出来的，我肯定不会亏待了她。"

　　张若翔也补充道："是啊，芬姨的手艺不用说，只要尝过的没有不说好的。而且，我也会照顾好时雨的。"

　　听到张若翔的话，吴时雨的心头涌出一丝暖意。尽管她与张若翔之间仍存在一些尚未消除的隔阂，此刻他的话也未尝不是让老人安心，但这近一个月的相处让她不由得开始重新认识眼前的这个人。

吴时雨说："姥姥，您放心吧，虽然我瘦，但是体力好得很。而且我以后还要常常回来呢，到时候您再给我做好吃的。"

周佳妹说："不管你走到哪里，在我们眼中你都是孩子。只有你健康快乐，我们才能真正心安。"

众人说话时，舅舅李守长等人也赶到了居民区楼下，他们提着自家刚出炉的馍馍和油饼要送给即将出发的亲人。舅舅将食物递给吴时雨，然后说道："时雨，路上拿着吃。这是我和你大姨两家做的。"

吴时雨笑了，这是家乡的惯例，自她小时候就是如此。每当有亲朋要远行，送别的人必定会炸上一锅油饼或是烙上一些馍馍给出发的人，空气中弥漫着的苦豆和胡麻油香气就是对远行者最好的祝福。

"谢谢舅舅和大姨，路上肯定吃不完这么些，我要带回去和其他人分享家乡的美味。"吴时雨满心欢喜地接过食物，小心地将它们用纸袋装起来放在后座。

南国连绵的雨季已悄然离去，树间此起彼伏的蝉鸣声宣告着夏天的到来。再次回到熟悉的家中，她突然发现镜中的自己几乎变了个模样。尽管此刻没有任何的妆容修饰，身上也只穿着最简单不过的 T 恤和牛仔裤，头发也是随意盘在脑后，但她整个人却焕发了生命力。原本暗黄的皮肤变得红润有光泽，温和而平静的目光取代了冷冽而疲惫的眼神，凹陷的两颊也变得饱满了起来。

简单洗漱后，吴时雨给助理夏楠打去了电话。离开的日子里，吴时雨仍然每天都在处理公司事务，幸而夏楠是个十分得力的帮

第十六章 新生

手,和张若翔合作的项目推进得非常顺利。回到故乡后的吴时雨一直在酝酿一个新的想法,现在她要将这想法付诸实际。吴时雨在电话中简要说了自己的计划,并交代夏楠尽快调研做出可行性方案。

江心岛上,张若翔请来了老朋友吕维之给房间里的旧钢琴调音。

正在调音的吕维之问道:"若翔,今天怎么想起让我来碰你的老古董了?难不成,我们的张总又要继续艺术梦想?"

张若翔说:"你知道的,我已经离开这个圈子了。这次请你来调音,是有别的打算。我答应了岛上学校的老校长,以后每周去给孩子们上课。"

吕维之调侃道:"原来是改行当老师了呀!不过,你肯定能教得好,这几年你的耐心值和爱心值都噌噌地往上涨,教会组织的义工活动你一次都没落下。"

张若翔摇摇头说:"算不得改行,只是做点有意义的事情罢了。住在江心岛这么久,从来也没注意到这个学校,老校长人品正直,我应该帮帮忙。"

吕维之一边试了几个音,一边对张若翔说:"调好了,你试试看。用你那灵敏的耳朵鉴别一下我的技术如何。"

张若翔说:"你的技术我向来放心,但我还是试试看好了。"

张若翔坐在钢琴前熟练地弹奏起了《月光》。虽只是随意弹奏,但每个音符都十分连贯,仿佛已将曲子刻在了骨子里。曲毕,吕维之忍不住赞叹道:"功力不减,你小子是不是还在勤学苦练呢?这水平完全可以再开一场个人演奏会。"

"哪有时间练习,只是熟悉这首曲子罢了。你让我换一首弹奏，马上就原形毕露了。"

"好了，我的任务圆满完成。你是不是该好好犒劳一下我呢？"

"必须的，我们还是去罗耶尔那里，我早就让他预留好菜了。"

张若翔简单将家里收拾了一番，又换上一身休闲舒适的服装，便和好友一起去往餐厅了。

梧桐路的老房子里，周淑芬正在整理从西北带回来的物品。离开不过几日，临走时浇过水的好几株栀子花已经开放了，幽幽的香气从阳台上传来，令舟车劳顿的周淑芬感觉轻松了不少。自李守芳走了以后，周淑芬就几乎没再回过自己的家，她不是留宿在梧桐路，就是去吴时雨的家。走过人生半程，她送走了母亲，又亲眼看着哥哥和挚友的意外离世；她经历过婚姻，至今仍是孑然一身，因而对于身边的亲友格外珍惜。

整理完房间，周淑芬去了康养院。在出发去西北之前，她特意到父亲周旭峰跟前说了此行的目的。尽管父亲的记忆力已消退许多，常常把过去和现在的事情搞混，但提到自己的哥哥和吴时雨，他的眼中仍然会流出关心和期盼。

周淑芬俯下身子，对已经坐在轮椅中的父亲说道："爸，我回来了。干妈一切都好，时雨也很好，我们还一起去看哥哥了。"

低垂着脑袋的老人抬起了头，看着眼前年过半百的女儿，他并没说话，只是连连点头，眼角里缓缓渗出了一滴眼泪。

周淑芬握着父亲颤抖的手说道："爸，等时雨休息两天，我就带她来看您。她已经知道自己的身世了，她也很想见爷爷。"

周旭峰咧着嘴说："爷爷，谁是爷爷？时雨是谁？"

周淑芬拿出吴时雨童年的照片说道："时雨，她是您的孙女，我的亲侄女，哥哥的孩子。"

第十六章 新生

看到照片的老人迟疑了一会儿,随后说道:"好,好,好雨知时节。"

阳光透过庭院里的树影洒在老人银白色的头发上,微风吹过,一片榕树的叶子打着旋儿落在了周旭峰的头上。周淑芬轻轻将叶子拂去,又拿出自己亲手制作的绵软食物慢慢喂给父亲吃,同时还说着西北的见闻和往事。不知不觉中,父女俩就度过了一个安静而温馨的下午。

吴时雨见到爷爷时,周旭峰正在房间里听戏曲广播,床头红色收音机里传来京剧《白良关》的唱段。只见老人倚在窗边的藤椅中,眼睛半闭着,微微抖动的双手交叠放在膝盖上。也许是广播的声音过大,也许是她和周淑芬开门的声音很轻,总之,他并没注意到刚刚进来的两个人。周淑芬拉着吴时雨,将刚买的营养品放在了柜子上,然后走到老人身旁。

周淑芬拍了拍父亲的肩膀说道:"爸,我和时雨来看您了。"

周旭峰睁开了眼睛,看到女儿的到来他十分开心,示意她赶紧坐下。随后,他又打量着周淑芬身边的女子,二人目光对视时,吴时雨不觉鼻头一酸。吴时雨忍住即将落下的眼泪,甜甜地唤了一声:"爷爷。"

听到这声呼唤,周旭峰的心弦似乎也被拨动了。眼前清瘦而精致的女子正笑脸盈盈地看着他,她的神情和模样有种似曾相识的亲切感。

吴时雨从包里取出从西北带回的纪念章,将它交给了老人,然后说道:"爷爷,这是颁发给爸爸的纪念章。你看,背面这个拿地质钳的工人,是不是和爸爸一模一样?"

周旭峰端坐起来,戴上放在一旁的老花镜,认真地看了看手里的纪念章。这时,坐在一旁的周淑芬也说道:"爸,这是集团特意发给我和哥哥的,我手里也有一枚。"

老人看着手中的纪念章说道:"真好,咱们工人有力量。时雨啊,那本雨滴相册,是我亲自定做的。"

吴时雨说:"我知道,我知道,姑姑给我看过了。我把它带回身边了,下次来找您的时候,我们一起看啊。"

自从祖孙两人相认后,吴时雨就将每周看望爷爷变成了习惯。有时,她会自己带着大包小包的东西过去,并且跟爷爷同住的好友一起分享;有时,她会叫上周淑芬一起,祖孙三人一起聊天散步;甚至,等老人情况比较稳定的时候,她会带着爷爷去江心岛上听张若翔弹琴。日子一天天过去,老人的记忆力不再衰退,精神也慢慢好了起来。

一个月后,夏楠在公司的会议室里展示了最新的调研报告和投资方案。按照吴时雨的要求,夏楠去了吴时雨的老家出差。在老家集团的支持下,他们初步拟定了一个合作方案。会议室里,大家对夏楠的方案进行了讨论,几乎所有人都认为这次的合作不是明智之举。吴时雨也深知,这次大胆的尝试只是自己的乡情在驱使,并不是一个胜券在握的盈利项目,但她仍旧力排众议,将家乡的风土和特色一一道来,最后决定针对当地的特色农产品和金属工艺品开发电商平台。

"大家跟我一起并肩作战很多年,我们经历过无数次的成功与失败。虽然我们算不上规模巨大的企业,但在有能力的时候,我仍然想为家乡尽一份责任。请大家相信我,也相信我的家乡。"吴时雨最后说道。

下班前,张若翔打来电话,邀请吴时雨和周淑芬一起去江心

第十六章 新生

岛吃饭。回来的一个月里,除了工作上的必要联系,两人很少有私下的往来。

"今天是什么特别的日子吗?怎么突然想起叫我了?"

"不是突然,我一直想请你,但我确实分身乏术。你知道的,我这个半路出家的人,做起业务来总是比不过你这位师傅。"

"我们的合作推进得很好,你也不必太过谦虚。下班后,你去接我姑姑吗?"

"是,我和芬姨在老地方等你。你忙完了过来。"

江心岛上,张若翔正在和周淑芬、柳校长布置一次特别的宴请。今晚,罗耶尔的餐厅被张若翔一人包下,他要给特殊教育学校的孩子进行一场义演。

调整完舞台装饰的张若翔说道:"柳校长,我看场地布置得差不多了。一会儿,您就带着孩子们进来先坐吧。"

柳校长说:"张总,你真是热心善良。原本请你给孩子们授课就够麻烦的了,你还自费组织这样一场义演。"

张若翔轻描淡写地说:"场地是我老朋友提供的,以前我就在这儿表演。吃饭花不了太多钱,您不必放在心上。如果音乐能给孩子们带来希望,今晚的努力也就没有白费。"

周淑芬也说道:"若翔很久没有弹琴了,是您和这群孩子才让他重新燃起了对音乐的热爱。"

夜幕降临,忙碌了一整天的吴时雨应约走进了餐厅。只见餐厅的布局完全变了个样。三排长形桌子被放在餐厅中央,餐桌边围坐着二三十个学生,姑姑周淑芬和柳校长正在给学生们倒饮料。舞台上,张若翔正在弹奏贝多芬的《第九交响曲》。

罗耶尔看见满脸诧异的吴时雨,主动上前问好,他解释道这是张若翔特意为江心岛特教学校的孩子准备的义演。此刻吴时雨才明白,原来张若翔忙碌的这一个月并不只是为公司的事情。

乐曲弹奏至第四乐章,节奏变得欢快起来,熟悉的《欢乐颂》响起,孩子们也随着音乐唱了起来。

"欢乐女神,圣洁美丽,灿烂光芒照大地……"

吴时雨不自觉跟着孩子们唱了起来,这首歌正是苏爷爷教会她的。

凤凰山上,吴时雨亲手栽下的松树也抽出了新芽。